Diogenes Taschenbuch 23024

Jakob Arjouni
Ein Freund
Geschichten

Diogenes

Die Erstausgabe
erschien 1998 im Diogenes Verlag
Umschlagfoto von
Beat Reck

Veröffentlicht als Diogenes Taschenbuch, 1999
Alle Rechte vorbehalten
Copyright © 1998
Diogenes Verlag AG Zürich
www.diogenes.ch
30/03/43/3
ISBN 3 257 23024 9

Inhalt

Ein Freund

Das Wetter war schuld, sonst hätte ich den Job nie gemacht – ehrlich nicht! Tatsächlich kam mir die Sache von Anfang an merkwürdig vor, um nicht zu sagen pervers. Aber an diesem Morgen... Wahrscheinlich wäre ich sogar bei einem Blinden im Auto sitzen geblieben.

Es war kalt, es nieselte, dichte Nebelschwaden hingen über der Raststätte, und die Wiese, in die ich mich am Abend gelegt hatte, war über Nacht zu einer einzigen Pfütze geworden. Als ich gegen fünf aufwachte, war der Schlafsack durchnäßt, und mein Kopf lag im Schlamm. Ich kroch heraus, wischte mir, so gut es ging, den Dreck vom Gesicht und sah in den Schmuckkoffer ... Sie müssen wissen, ich bin Goldschmied – oder jedenfalls so was in der Art. Laien machen sich da leider oft lustig über mich. Ich meine, es stimmt schon, ich habe keine Lehre oder so was und arbeite auch nie mit Gold, weil meine Kunden sich das gar nicht leisten könnten, und ob ›schmieden‹ das ganz korrekte Verb für meine Arbeit ist, darüber sollen sich Kleingeister streiten – aber ich stelle Schmuck her, und darum geht's ja wohl schließlich. Genaugenommen flechte ich ihn. Sie kennen sicher Büroklammern, wer kennt die nicht. Aber haben Sie jemals überlegt, was für zauberhafte Ohrringe, Ketten und Armbänder sich aus diesem preiswerten Material schaffen lassen?

Sicher, wenn man Geld hat, kauft man sich Diamanten, und sind sie noch so schlecht verarbeitet, oder Platin, irgendwann wird die Wissenschaft schon noch herausfinden, ob Platin Krebs erzeugt, aber für Leute mit kleinerem Geldbeutel, für Leute mit Geschmack und Mut zum Außergewöhnlichen sind meine Kreationen genau das Richtige.

Ich sah also in den Schmuckkoffer und hielt ihn zur Seite, um das Wasser rauslaufen zu lassen. Dann schaute ich zur Raststätte hinüber, ob sich schon eventuelle Mitfahrgelegenheiten eingefunden hatten. Seit sieben Monaten war ich nun auf Geschäftstour, und Sie können mir glauben, daß es an mühsamem Fortkommen nicht gemangelt hat, aber eine so unsägliche Stelle zum Trampen erlebte ich zum erstenmal. Und das nur wegen eines neurotischen Pärchens, das behauptet hat, ich würde »stinken«. Bei der ersten Gelegenheit haben sie mich rausgeworfen. Doch da war es erst vier Uhr nachmittags, die Sonne schien, und ich war noch voller Hoffnung. Etwa drei Stunden stand ich mit meinem Schild ›Berlin‹ an der Ausfahrt, bis ich an den Zapfsäulen die Autofahrer direkt ansprach. Doch nichts zu machen!

»Wir fahren nicht nach Berlin.«

»Wir biegen sofort ab.«

»Im nächsten Ort steigen Freunde zu.«

»Ich fahre in die andere Richtung.« – »Aber Sie können nur in diese Richtung fahren, das ist eine Autobahn.« – »Na so was! Und ich dachte... Tja, muß ich bei nächster Gelegenheit wenden. Vielen Dank auch.«

Naja, Sie kennen das, wer kennt das nicht. Gegen Mitternacht habe ich in der Cafeteria eine Erbsensuppe gegessen und mich anschließend auf die Wiese verzogen.

Und jetzt das Ganze von vorne, nur im Regen! Seufzend rollte ich den Schlafsack zusammen, schnallte ihn auf den Rucksack und patschte durch den Schlamm zur Raststätte. Ich kaufte mir einen Schokoriegel und Kaugummis gegen Mundgeruch, dann stellte ich mich unter das Dach bei den Zapfsäulen und wartete – wartete, lächelte, fragte, bedankte mich trotzdem und wartete wieder. Ein bißchen konnte ich die Autofahrer jetzt sogar verstehen, denn ich war pitschnaß, und wie das mit der Nässe so ist, sie verstärkt die Gerüche. Nicht, daß ich gestunken hätte, aber ich roch wohl ein wenig muffig.

Der Morgen verging, es wurde Mittag, keiner nahm mich mit, und es regnete immer noch. Dann kam Retzmann.

Schon am Auto erkannte man den Aufsteiger: weder Fortbewegungsmittel noch echter Luxus, sondern ein japanisches Mittelklasse-Cabriolet. Oben ohne, aber preiswert. (Jetzt war das Dach natürlich geschlossen.) Die Fahrertür ging auf, und als erstes sah ich einen polierten Lederschuh in der Luft, der suchend über den nassen Betonboden kreiste, um schließlich halb verrenkt auf einer trockenen Stelle zu landen. Was folgte, war ein schwarzes Kostüm mit einer absichtlich viel zu weiten Hose und einer Art Hemdjacke mit engem, hochgeschlossenem Kragen. Vermutlich ziemlich teures Zeug und in zwei Monaten aus der Mode. Der Kopf überm Kragen war lang und knochig, mit einem großen Kinn und kleinen, flinken Klugscheißer-Augen. Der Mann war um die Dreißig und trug eine lächerliche Ponyfrisur – als wolle er gegen seine Augen etwas Weiches, Unschuldiges setzen.

An den Pfützen vorbei balancierte er zur Zapfsäule und

griff mit spitzen Fingern nach dem Benzinschlauch. Lächelnd trat ich auf ihn zu.

»Guten Tag, Sie fahren wohl nicht zufällig Richtung Berlin?«

Er hob den Blick vom Tank und musterte mich erst ausdruckslos, dann angewidert.

»Warum?«

Einen, der in seinem Alter nicht weiß, warum sich Kerle wie ich an einer Autobahnraststätte nach der Reiserichtung erkundigen, gibt's nicht. Sein »Warum« war Schikane, das machte mich optimistisch: Viele nehmen einen nur mit, um sich vor einem Wildfremden mal so richtig aufspielen zu können, für die ist Tramper einsteigen zu lassen wie ins Bordell zu gehen.

Ich gab meinem Lächeln etwas Unterwürfiges. »Weil Sie mich dann vielleicht mitnehmen könnten.«

Er musterte mich noch einen Moment, dann sagte er mit Blick zurück auf den Tank: »Ich mag keine Tramper«, und es klang, als halte er das für eine ziemlich lässige Antwort.

Soso, dachte ich, die Sorte: auf Teufel komm raus außergewöhnlich, und sei es nur außergewöhnlich unfreundlich.

Ich ließ meinen Mund extra lange offenstehen, damit er die Wirkung seiner Worte auch schön genießen konnte, bis ich begeistert erwiderte: »...Also, daß Sie das so offen sagen, finde ich jetzt tatsächlich beeindruckend! Ich meine, keiner mag Tramper, aber wer gibt das schon zu? Jedenfalls nicht vor mir. Wirklich: Find ich toll! Da bleibt mir nur, mich zu bedanken: Wieder was gelernt.«

»Gelernt?« fragte er, vom Tank aufsehend, jetzt doch ein wenig verunsichert.

»Aber ja! Ehrlichkeit, und mag sie auch noch so kantig daherkommen, achtet den Mitmenschen doch viel mehr als Unehrlichkeit. Stellen Sie sich vor, Sie hätten so getan, als würden Sie mich gerne mitnehmen, und ich wäre eingestiegen und hätte neben Ihnen gesessen und nach spätestens zehn Minuten gemerkt, wie unangenehm Ihnen die Situation ist – glauben Sie, ich hätte mich wohl gefühlt?«

Er betrachtete mich stirnrunzelnd, dann hängte er den Benzinschlauch zurück an die Zapfsäule, und während er sich die Hände an einem Papiertaschentuch abwischte, sagte er: »Kleiner Schwätzer, was?«

»Nur, wenn mir eine Sache am Herzen liegt. Aber Sie haben schon recht: Zwei Sätze sind mir näher als einer.«

»Hm«, machte er, wandte sich grußlos ab und verschwand im Kassenraum.

Offenbar hatte ich mich verschätzt. So eingebildet, daß ihn ein paar Komplimente um seine Vorsätze brachten, war er wohl doch nicht. Ich ging zurück zu meinem Rucksack und steckte mir einen Kaugummi in den Mund. Der Himmel wurde immer schwärzer, und langsam glitten meine Gedanken in die alte Tramper-Zwangsvorstellung, nie mehr mitgenommen zu werden. Ich malte mir aus, wie ich durch Täler und Wälder zum nächsten Ort marschierte, wie mein letztes Geld gerade mal für eine Fahrkarte bis Kleindingsda reichte, und wie ich Leute anbettelte, um ein Telegramm an einen Freund aufgeben zu können, er solle mir Geld schicken…

»He, du da…!«

Ich sah auf.

»Los! Bis Hildesheim nehm ich dich mit!«

Tramper-Gott hab Dank! Ich riß Rucksack und Schmuck-koffer an mich und erreichte im Laufschritt das japanische Cabriolet. An anderen Tagen hätte ich das Spiel vielleicht noch weitergetrieben: ›Haben Sie sich das auch gut überlegt?‹ und: ›Ich möchte mich wirklich nicht aufdrängen‹, aber jetzt sah ich nur den rettenden Beifahrersitz.

»Schmeiß dein Gepäck in den Kofferraum, damit mir die Rückbank nicht verschimmelt.«

Ich nickte verständnisvoll. »Tolles Auto, was Sie da haben. Große Klasse!«

Er fuhr, wie solche Leute eben fahren: Mein Auto sei der größte Schwanz zwischen Himmel und Erde! Er stieß in jede sich bietende und auch sich nicht bietende Lücke, hupte alles beiseite, was einen Kilometer langsamer fuhr als er, beschleunigte wie ein Wahnsinniger, um gleich darauf auf die Bremsen zu steigen, und warf beim Überholen den anderen Fahrern einen Blick zu, als wollte er sagen: Junge, warum hängst du dich nicht auf? Schnellere und größere Autos schien er nicht wahrzunehmen. Sauste eins an uns vorbei, war er fast immer gerade damit beschäftigt, über den Tacho zu wischen, den Scheibenwischer neu einzustellen oder sich einen Pfefferminzbonbon zu angeln.

Nach einer Weile stummen Autobahnkriegs fragte er plötzlich: »Woher kommst du?«

»Frankfurt.«

Tatsächlich komme ich aus einem kleinen Ort in der Nähe von Darmstadt, aber wenn ich den Namen nenne, wissen die Leute nie so recht, was sie darauf sagen noch wie sie gucken sollen. Die Überzeugung, in Käffern werden ausnahmslos Trottel geboren, ist doch viel verbreiteter, als man meinen möchte.

»Arbeitslos?«

»Aber nein! Mache ich so einen Eindruck?«

»Na, was glaubst du, was du für einen Eindruck machst?«

So langsam, fand ich, nahm er sich ein bißchen viel raus. Zudem stand ich jetzt nicht mehr im Regen, sondern saß im Auto, und das ändert das Selbstwertgefühl doch gewaltig. Nicht, daß ich mir erlaubt hätte, unfreundlich zu werden, schließlich waren es bis Hildesheim noch über zweihundert Kilometer, aber ganz frei von Zweifeln sollte er mir nicht davonkommen.

»...Ehrlich gesagt, keine Ahnung. Hab mich um den Eindruck, den ich mache, nie besonders gekümmert. Aber sicher ist das ein Fehler. Wahrscheinlich sollte ich mir ein Beispiel an so jemandem wie Ihnen nehmen...«

»An mir...?« Er wandte irritiert den Kopf. »Wieso an mir?«

Das ist das Problem mit Klugscheißern, sobald es um ihre Person geht, fällt das ›Klug‹ glatt weg.

Ohne mich um seine Frage zu kümmern, fuhr ich wie nahtlos fort: »Im übrigen bin ich Goldschmied.«

Er überholte einen rostigen Ford Taunus samt Wohnwagen, und wenn ich auch in Geschichte nicht besonders bewandert bin, würde ich behaupten, er guckte die Insassen mit solcher Abscheu an, als wäre zur Entlastung des Autobahnverkehrs eine Gaskammer genau das Richtige.

»...Und da kannst du dir keine Zugfahrkarte leisten?«

»Sehen Sie, das ist eben die Entscheidung: Geld oder Ideale. Ich habe Ideale gewählt.«

»Wieso? Schmiedest du rote Fahnen…?«

Er lachte. Ein hoher, meckernder Laut, der ohne Körper zu entstehen schien.

Bereitwillig fiel ich ein.

»…Das ist mal ein intelligenter Witz! Also wirklich! Es geht doch nichts über Bildung und Humor…!«

Noch während ich redete, erstarb sein Lachen, und seine Hände krampften sich wütend ums Steuer. Mit kurzem Blick zur Seite fuhr er mich an: »Hör endlich mit diesem untertänigen Gequassel auf! Und sag gefälligst du zu mir!«

Ich tat erschrocken. Eine Pause entstand, in der zu seinem Pech, weil in der gespannten Situation doppelt auffallend, vier Luxuskarossen an uns vorbeischossen.

Schließlich räusperte ich mich. »…Tut mir leid. Hätte ich gewußt, daß Sie – ich meine, du – nicht so bist…«

»Wie bin?!«

»Na, nicht wie dein Auto, wie dein Anzug, wie deine Frisur – eben kein arroganter, feiner Pinkel, sondern ein normaler Typ, mit dem man reden kann und der sich nichts darauf einbildet, daß er in seinem Job mehr verdient als andere und vieles besser kann als die meisten…« Ich machte eine kurze Pause, um dann in einem Ton, als läge mir folgendes schon lange auf der Zunge, hinzuzufügen: »…Zum Beispiel Autofahren! Das ist jetzt nicht untertänig, sondern es fällt mir schon eine ganze Weile auf: Ich kenne wirklich wenige, die ihren Wagen so gelassen und gleichzeitig sportlich bissig durch die Wirren des Autobahnverkehrs steuern…«

Ich warf ihm einen kurzen Blick zu, ob er die Pille schluckte. Anscheinend haderte er einen Moment, doch dann nickte er besänftigt: »Tatsächlich bist du nicht der erste, der das sagt. Meine Mutter findet das auch.«

Sicher ein höchst unparteiisches Urteil, dachte ich und wartete, ob da noch wer folgen sollte. Doch offenbar war Mutter die einzige, die seine Fahrkünste schätzte. Ich erwiderte nichts und sah aus dem Seitenfenster. Ein Kerl in seinem Alter, der im Gespräch über angebliche Fähigkeiten einem Fremden gegenüber unvermittelt seine Mutter als Zeugin anführt, kam mir merkwürdig vor. ›Meine Freunde‹ oder ›meine Kollegen‹ oder von mir aus ›meine Familie‹ – aber ›meine Mutter‹? Und ohne ein Lächeln? Ich meine, wer kommt schon auf seine Mutter, und wer würde ihr Urteil ernst nehmen?

Als hätte er meine Gedanken gelesen, fragte er: »Hast du Freunde?« Dabei hatte seine Stimme plötzlich so einen mitteilsamen Unterton.

Überrascht musterte ich ihn aus den Augenwinkeln. Hatte er etwa Vertrauen zu mir gefaßt? Weil ich seine Fahrkünste gelobt hatte? Oder kam jetzt einfach knallfall die andere Seite des Eisenritters zum Vorschein: der Jammerlappen? Wollte er mir womöglich gestehen, er sei einsam oder so was…? Im Grunde war es mir gleich, aber wie das ist, wenn man lange genug der Depp gewesen war und sich die Gewichte plötzlich zu verschieben scheinen, antwortete ich schnippisch: »Na klar, wer hat die nicht?« und sah ihn möglichst verwundert an.

»Arschloch«, sagte er prompt, und zum ersten Mal überrumpelte er mich, und ich begann, ihn sogar ein bißchen zu mögen.

»Naja…«, lenkte ich ein. »Es kommt natürlich drauf an,

was man unter Freunden versteht. Also, richtige Freunde habe ich ... drei. Dann noch zwei, deren Freund ich gerne wäre, und einen, der gern meiner wäre. Der Rest sind Bekannte oder Leute von früher.«

Ich sah ihn von der Seite an, doch offenbar war für ihn das Thema beendet. Mir konnte es recht sein. Weder war mein Privatleben dazu da, ihm die Fahrt zu verkürzen, noch war ich scharf auf irgendwelche Beichten.

Die nächsten zwanzig Minuten fuhren wir schweigend. Ich legte den Kopf nach hinten und begann zu dösen...

»Willst du dir dreihundert Mark verdienen?«

Ich schlug die Augen auf. Hatte ich geträumt?

»... Bitte?«

»Ob du dir übers Wochenende dreihundert Mark verdienen willst? Übernachtung und Verpflegung extra.«

Ich rieb mir das Gesicht, als käme ich aus dem Tiefschlaf. Hastig überlegte ich, was dahinterstecken könnte. Dreihundert Mark übers Wochenende! Fast wie in den guten alten Zeiten, als die Flohmärkte noch von Minderjährigen bevölkert waren, die glaubten, von Räucherstäbchen würde man high und bunt bekleckste Bettlakenstreifen kämen aus Indien. Für Retzmann allerdings bedeuteten dreihundert Mark höchstens ein Trinkgeld... Also handelte es sich entweder um einen Idiotenjob, oder er war geizig – wahrscheinlich beides.

Ich räusperte mich: »... Naja, eigentlich habe ich morgen einen Termin in Berlin, geschäftlich, und ... Um was für eine Arbeit handelt es sich denn?«

Er ließ sich Zeit. Offenbar war er sich seines Angebots noch nicht ganz sicher. Er nahm den Fuß vom Gas und angelte sich einen Pfefferminzbonbon. Der Bonbon klickte zwischen seinen Zähnen hin und her.

Schließlich sagte er, ohne den Blick von der Straße zu nehmen: »Du sollst für zwei Tage mein Freund sein.«

Ich starrte ihn an... Also das war's! Na klar: der Pony, die Mutter... Ohne daß ich es wollte, wurde meine Stimme grimmig: »...Wie darf ich das verstehen?«

»Wie ich's sage.«

»Tut mir leid, aber da sind Sie – ich meine du – an der falschen Adresse. Ich mag Frauen.«

Jetzt war es an ihm, grimmig zu werden. »Quatsch! Ich meine einen Studienkollegen, einen Kumpel!«

Und dann begann er, mir die Sache in knappen Sätzen zu erklären: Er heiße Marcel Retzmann und sei ein vielbeschäftigter Theaterregisseur. (Dabei sah er mich kurz an, und ich beeilte mich zu sagen, daß mir sein Gesicht gleich bekannt vorgekommen sei, worauf er bescheiden sachlich nickte, als wären Worte aus meinem Mund über jeden Zweifel erhaben.) Nach Schulzeit und Theaterwissenschaftsstudium hänge sich bei ihm nun schon seit Jahren Inszenierung an Inszenierung, und inzwischen könne er sich vor Angeboten wichtiger Bühnen kaum retten. Das einzige Problem dabei: Obwohl er mit der Situation sehr glücklich sei, denn er liebe seine Arbeit über alles, häuften sich in letzter Zeit Fragen von Kollegen, von der Freundin und von der Mutter nach seinem Privatleben.

Wie gesagt, für viele ist Tramper mitnehmen wie ins Bordell gehen. Nur so läßt sich erklären, warum Retzmann ausgerechnet vor einem wie mir plötzlich sein Leben ausbreitete.

»…Schon als ich noch zur Schule ging, war mein einziges Ziel, zum Theater zu kommen. Von Anfang an wußte ich: Meine Berufung ist, Schauspieler zu dirigieren. Während andere Fußball spielten, habe ich in einer Gärtnerei gearbeitet, um mir abends Karten fürs Theater leisten zu können. Ich habe alle Stücke gelesen, die ich kriegen konnte, und viele für mich alleine in meinem Zimmer inszeniert – als Schauspieler, Regisseur und Publikum in einer Person. Damit will ich sagen: Schon damals war ich ein Einzelgänger, und so stolz meine Mutter auf das für mein Alter außergewöhnliche Interesse am Theater war, so sehr machte sie sich Sorgen wegen meiner angeblichen Einsamkeit. Ich selber habe mich nie einsam gefühlt, und bis heute gibt es nichts, was mir ein Mensch geben könnte, was mir die Arbeit nicht hundertmal mehr gibt.«

Er hielt inne, um drei kleine, bis zur Decke mit Pappkartons und Plastiktüten vollgestopfte Fiats zu überholen. Ich fragte mich, ob er glaubte, was er da sagte, und ob seine Arbeitssucht weniger damit zu tun hatte, was ihm die Leute geben konnten, als was sie ihm geben mochten. Eins war jedenfalls sicher: Retzmann würde ›seinen Freund‹ bestimmt nicht auf der Wiese schlafen lassen oder mit Schokoriegeln verpflegen…

»…Um also besorgten Fragen und lästigen Ratschlägen bezüglich meiner Einsamkeit aus dem Weg zu gehen, erfand ich schon als Jugendlicher Freunde und Freundinnen, die selbstverständlich alle am anderen Ende der Stadt wohnten, schrieb mir selber Briefe, kam nachts betrunken von angeblichen Partys zurück und hängte mir Fotos von wildfremden Leuten übers Bett. Als ich dann später in Hannover studierte, erzählte ich zu Hause von meinen neuen Freunden und in Hannover von meinen alten Kumpels zu Hause. Und so halte ich es bis heute: Wenn ich merke, daß irgend jemand anfängt, auf mich herabzusehen, weil er mich für einen Arbeits-Zombie hält, der kein Privatleben und sogenanntes Vergnügen kennt, erzähle ich sofort ein paar Anekdoten von durchsoffenen Nächten und heißen Abenteuern in einer anderen Stadt. Nicht weil ich mich schäme, sondern weil die Kollegen sonst womöglich den Respekt vor mir verlieren würden.«

Ich sah zu, wie er sich den nächsten Bonbon angelte. Inzwischen war ich von seiner Geschichte einigermaßen fasziniert – wenn auch vor allem vom technischen Aspekt.

»Und wie funktioniert das mit deiner Freundin?«

»Zuerst mal ist sie Schauspielerin, und da weiß sie, was sie an mir hat.« Er bewegte kurz den Zeigefinger hin und her. »Gehässige Bemerkungen sind da nicht drin. Aber hin und wieder fragt sie natürlich doch, verpackt in schmeichlerisch sorgenvollen Ton: ›Willst du nicht mal ausspannen? Fehlen dir deine Freunde aus Hannover nicht? Wie wär's, wir geben mal ein Fest...?‹ Tja, und dieses Fest, nach dem nicht nur sie, sondern auch verschiedene Kollegen immer wieder gefragt haben, als ob man der Welt in meiner Position eine solche Veranstaltung schuldig sei – dieses Fest findet nun morgen statt. Es ist mein dreißigster Geburtstag, und alle sind eingeladen.«

Ich begann zu verstehen. Retzmann schwieg und schien sich ganz dem Überholen zweier Laster zu widmen. Ich sah durch die regenverlaufene Scheibe. Ein Schild kam uns entgegen: ›Hildesheim 30 Kilometer‹.

»…Und wie hast du dir das vorgestellt? Ich meine…Soll ich rumlaufen: Hey, Marcel, weißt du noch damals, als wir in Hannover blabla…?«

»So etwa, nur daß du mich Retzmann nennst, klingt mehr nach Männerfreundschaft. Ansonsten werde ich dich einfach als liebenswerten Kauz einführen, der sich einen Spaß daraus macht, den Dummen zu spielen…«

Retzmann warf mir einen kurzen, scharfen Blick zu, und ich grinste verschmitzt, damit er sich freuen konnte, was für ein feiner Beobachter er sei. Dabei überlegte ich, wieviel mehr als dreihundert Mark bei der Sache rauszuholen waren.

»…Anstatt Goldschmied bist du, sagen wir… Wie wär's mit irgendeinem primitiven Job, und nebenher schreibst du seit acht Jahren an einem Roman…? Das gefällt den Leuten, das haben sie schon mal gehört. Außer mir hat den Roman bisher niemand zu lesen bekommen. Ich finde ihn natürlich phantastisch und dränge dich seit langem, ihn endlich abzuschließen. Über den Inhalt machen wir höchstens ein paar Andeutungen, und dann schmunzeln wir. Als primitiven Job schlage ich vor…«, er sah an mir herunter, »…zum Beispiel Forstgehilfe. Und wie es deine kauzige Art ist, bist du direkt von der Arbeit zu unserem Treffpunkt gekommen. Hast du irgendeine Ahnung von Bäumen oder Tieren?«

»Äste, Hirsch.«

»Okay. Wir haben uns in Hannover beim Studium kennengelernt und eine Weile zusammengewohnt. Laß dir ein paar Geschichten darüber einfallen, daß ich keinen Knoblauch mag, einen leichten Schlaf habe und mir das Geld durch die Finger rinnt.«

Die ersten zwei Sachen habe ich nie nachprüfen können, aber was das Geld betraf, war seine Sicht auf sich selber schon phänomenal vernagelt.

»Also?« fragte er.

»Ja, nun…«, murmelte ich, wiegte den Kopf und ließ mir Zeit. Keine Frage, es war leicht verdientes Geld. Außerdem lief mir beim Gedanken an das Geburtstagsessen das Wasser im Mund zusammen. Da nahm ich noch an, der Satz, daß ihm das Geld durch die Finger rinne, entspreche wenigstens ungefähr der Wahrheit, und malte mir Tische aus, die sich unter Hummer, Braten und gefüllten Hühnern bogen.

Ein weiteres Schild verkündete: ›Hildesheim 5 km‹.

»…Ehrlich gesagt, finde ich dreihundert Mark für einen Achtundvierzig-Stunden-Job etwas unangemessen…«

»Und wieviel wären deiner Meinung nach angemessen?«

»Naja… In Anbetracht der Vorgabe, daß ich Geschichten erzählen soll, wie du das Geld verschleuderst, und unseres gemeinsamen Bestrebens, daß ich dabei glaubhaft wirke…« Ich musterte ihn von der Seite. Gleich waren wir in Hildesheim, und es wurde schon dunkel. Ziemlich sicher würde er für den Job keinen anderen mehr auftreiben, und ich hatte das Gefühl, er fand mich, aus welchen Gründen auch immer, gut für die Rolle…

»Sechshundert«, sagte ich, und ohne von der Straße aufzusehen, antwortete er: »Okay«, und ich dachte: Scheiße!

Während ich verärgert aus dem Fenster sah, spürte ich seinen triumphierenden Blick von der Seite.

»Mach dir nichts draus«, sagte er. »Viel mehr hätte ich wirklich nicht gegeben.«

Der helle Kiesweg schlängelte sich an Blumengärten, alten Bäumen, gemähtem Rasen und einem Marmorspringbrunnen vorbei den Hügel hinauf zu einem kleinen Schloß. Retzmann parkte das Cabrio direkt vor der breiten Treppe, die zur gelb erleuchteten Eingangshalle führte. Weder Neonreklamen noch Schilder deuteten darauf hin, daß es sich um ein Hotel handelte. Man hätte meinen können, dem Schloßherrn einen Privatbesuch abzustatten oder – mit etwas Einbildungskraft – selber der Schloßherr zu sein.

Neben der Rezeption befanden sich fünf bequeme Ledersessel und ein flacher Tisch, auf dem mehrere Sorten Zigaretten und Zigarren, verschiedene Whisky- und Cognacflaschen und eine Schüssel geschälte Walnüsse standen. Im Kamin in der Ecke zischte und knackte ein Feuer, erfüllte den Raum mit dem Duft verbrannter Nadelhölzer und warf seinen flackernden Schein auf Ölgemälde von Obst und herbstfarbenem Gemüse.

Ich muß sagen, ich war beeindruckt.

Der Empfangschef trug bequeme Cordhosen und eine Strickjacke. Er begrüßte uns herzlich, bat uns, in den Sesseln Platz zu nehmen, und schenkte Whisky in drei dicke, große Gläser ein. Wir stießen an, und Retzmann und er besprachen Einzelheiten bezüglich des Festes morgen. Die Gäste würden im Laufe des Nachmittags eintreffen, und der erste große Umtrunk sollte vor dem Abendessen stattfinden.

»...Ich will Ihnen bestimmt nicht reinreden, Herr Retzmann, aber noch ließe sich die Speisekarte abändern. Ehrlich gesagt erscheinen mir Würstchen mit Kartoffelsalat doch etwas sehr originell.«

»Das kommt auf die Qualität der Würstchen und des Kartoffelsalats an«, erwiderte Retzmann knapp.

»…Wie Sie meinen.«

Der Empfangschef senkte den Blick auf seinen Notizblock.

Als er uns später die Zimmerschlüssel gab, wies er darauf hin, daß es im Hotelrestaurant noch bis zehn Uhr zu essen gebe und daß das Wildragout ausgezeichnet sei.

»Vielen Dank«, antwortete Retzmann. »Aber wir haben schon gegessen.«

Auf dem Weg zum Auto, um unser Gepäck zu holen, sagte ich: »Sicher haben wir schon gegessen: gestern und vorgestern, und auch schon letztes Jahr – aber heute bestimmt noch nicht.«

»Ich habe Sandwiches dabei, damit machen wir's uns im Zimmer bequem. Unter uns: Die Küche ist nicht besonders.«

»Mir reicht es, wenn sie warm ist.«

Er zuckte die Schultern. »Niemand hindert dich daran, ins Restaurant zu gehen. Aber es ist nicht ganz billig.«

»Es hieß, Verpflegung extra!«

»Ich sage ja: Ich hab Sandwiches dabei.«

»Und ich dachte, die Leute vom Theater verstehen es zu genießen.«

»Keine Angst, du kommst schon noch auf deine Kosten.«

»Sicher! Wenn ich da bloß an das Menü morgen denke…

Der Hotelmanager schien vor lauter Vorfreude auch ganz aus dem Häuschen! Wie wär's mit folgender Anekdote aus Studienzeiten: Kaum hatte Marcel sein Cabrio abbezahlt, den japanischen Designeranzug gekauft und die Rechnung

23

für ein Paar handgearbeitete Schuhe beglichen, schon haute er seine letzten zwei Mark fünfzig auf den Kopf, und wir schlemmten eine Tüte Pommes!«

Wir waren am Auto angelangt. Retzmann blieb neben dem Kofferraum stehen, und seine kleinen Augen musterten mich prüfend.

»...Dir ist hoffentlich klar, daß es die sechshundert Mark nur gibt, wenn du deine Arbeit gut machst?«

»Aber warum ausgerechnet mit Geschichten, daß dir das Geld durch die Finger rinnt?«

Er sah mich erstaunt an: »Weil es so ist« und wies auf das Hotel: »Oder was glaubst du, wieviel es kostet, die Hälfte von dem Schloß fürs Wochenende zu mieten?«

»Na, wieviel denn?«

»Also...!« Er zählte an seinen Fingern ab: »Erstens: sechzehn Zimmer für eine Nacht mit Bad und Toilette à dreihundert bis vierhundert Mark. Zweitens: unsere zwei Zimmer mit Bad und Toilette für zwei Nächte ebenfalls à dreihundert Mark. Drittens: Abendessen, Frühstück und Häppchen zwischendurch plus sämtliche Getränke für achtundzwanzig Personen, alles zusammen um die zehntausend Mark. Viertens: ein Fahrdienst, der einen Teil der Gäste vom Bahnhof abholt, sechzig Mark. Fünftens: du. Sechstens...«

Als ich später in meinem Zimmer in einem großen weichen Bett unter einer Daunendecke lag und über Holzschnitzereien am Fußende und goldene Pfosten hinweg zum Fenster sah, hinter dem der Regen durch gelbes Laternenlicht fiel, fragte ich mich, ob Retzmann im Zimmer nebenan froh war, sich dieses Paradies für zwei Tage leisten zu können. Oder schwirrten ihm Zahlen durch den Kopf und ließen ihn nicht einschlafen? Ob er Handtücher klaute oder aus der Minibar trank und die Flaschen mit Wasser auffüllte, um die Bilanz zu verbessern?

Ich jedenfalls, von zwei Schinkenbroten und einer Avocado besser gesättigt als gedacht, fühlte mich inzwischen pudelwohl und wollte mir morgen alle Mühe geben, ihm ein glaubwürdiger Freund zu sein. Untergebracht in diesem Zimmer, und in seiner Abwesenheit, konnte man Retzmann ja sogar tatsächlich ein bißchen gerne haben.

Am nächsten Morgen durchflutete Sonnenlicht das Zimmer. Ein hübsches, vollbusiges Mädchen mit weißer Schürze brachte mir das Frühstück ans Bett und fragte, ob ich irgendwelche Zeitungen wünsche. Ich ließ mir mehrere Illustrierte bringen und erkundigte mich, ob sie am Abend auf dem Fest sei. Ja, sie sei als Bedienung eingeteilt. Dann lächelte sie mir zu und verließ das Zimmer. Nach dem Frühstück duschte ich, rauchte im hoteleigenen Bademantel eine Zigarette auf dem Balkon und blickte über Wiesen, Blumen und Obstbäume. Schließlich zog ich mich an.

In der Eingangshalle erfuhr ich, daß Retzmann weggefahren sei, und las seine Nachricht, ich solle mich gegen ein Uhr bereithalten. Daraufhin legte ich mich auf der Terrasse in einen Liegestuhl und ließ mir ein Glas gespritzten Weißwein bringen. Ob mich solch ungewohnter Luxus einschüchterte? Keine Spur. Ein nasser Schlafsack oder ein leerer Kühlschrank schüchtern mich ein, aber wenn morgen rauskäme, daß ich der Urenkel von Rockefeller sei, ich nähm's gelassen.

Ich rauchte meine zweite Zigarette, und die Luft roch nach Flieder. Durch halb geschlossene Lider beobachtete ich das Zimmermädchen, wie es Sonnenschirme aufspannte. Ob sie sich über ein Paar Ohrringe freuen würde?

Dann wurden plötzlich Stimmen hinter mir laut. Besser gesagt, eine Stimme: »...Aber mein lieber, kleiner Marcel! Du kannst doch nicht einfach nur Champagner sagen! Du hättest dem Küchenchef ganz genau erklären müssen, welchen Champagner du willst. Sonst steht nachher womöglich Sekt auf den Tischen. In Wien oder Paris«, rief die Frau, für jeden in näherer Umgebung deutlich vernehmbar, »und anderen Städten, in denen du inszenierst, mag es selbstverständlich sein, daß man Champagner bekommt, wenn man ihn bestellt, aber wir sind hier in Hildesheim!«

»Mutti, bitte!«

»Was denn, was denn? Schämst du dich etwa schon wieder? Nur weil dir deine Mutter einen Rat gibt? Wirklich, Marcel, das ist doch albern! Wir reden hier über dein Geburtstagsessen, und du benimmst dich wie ein Kleinkind.«

»Könnten wir darüber nicht später –«

»Und ich hoffte, du hättest unser Verhältnis endlich mit dir geklärt! Na, wie dem auch sei, ich gehe jetzt zum Küchenchef, die Getränkefrage regeln.«

»Moment! Darf ich dir erst noch meinen Freund Archie vorstellen...«

Ich erhob mich aus dem Liegestuhl und ging lächelnd auf die beiden zu. Retzmanns Mutter war Ende Fünfzig, hatte ein schmales, knochiges Gesicht, zwei scharfe Miese-Laune-Falten um den Mund und eine strenge, silbergraue Kurzhaarfrisur. Ihre hellen Augen wirkten wie aus Metall.

Sie trug einen langen, dunklen Wollrock und einen weiten, selbstgestrickten Pullover mit einer Brosche, die zwei schnäbelnde Vögel darstellte. Um ihre Schultern lag ein buntes Seidentuch, und um ihren sehnigen Hals hing eine Holzperlenkette.

Ihr Händedruck war zögernd.

»Sie haben also mit meinem Sohn zusammen studiert?«

»Und in einem Zimmer zusammengewohnt!« Ich stieß Retzmann meinen Ellbogen in die Seite: »Was, Retzmann? Das waren noch Zeiten! Alter Furzer!«

Die Mutter stutzte, dann lächelte sie bemüht, während ihre Augen mich unwillig musterten.

»Wie kommen Sie zu Ihrem ungewöhnlichen Namen?«

»Von Archie Shepp. Mein Vater war ein großer Fan von ihm.«

»Wie interessant.« Ihre Hand begann, unruhig mit der Holzperlenkette zu spielen. Vielleicht machte ihr die Einsamkeit ihres Sohnes tatsächlich Sorgen, doch ich hatte den Eindruck, Freunde hielt sie nicht unbedingt für das richtige Mittel dagegen.

»Mein Sohn hat mir erzählt, Sie schreiben?«

»Ach, naja. Nur für mich.«

»Einen Roman, nicht wahr?«

Ich nickte.

»Darf ich fragen, in welchem Genre?« Wieder lächelte sie, und wieder straften ihre Augen den Mund Lügen.

Ich lächelte zurück, mit allem Drum und Dran, und bemühte mich, unterdrückten Stolz durchklingen zu lassen, als ich antwortete: »Heilige Schriften.«

Die Hand an der Holzperlenkette hielt inne. »Bitte...?«

»Na, Sie kennen doch sicher die Bibel, Koran, Talmud – dieses Zeug.«

Ihr Mund öffnete sich tonlos. Dann warf sie einen kurzen Blick zu ihrem Sohn, doch der schien irgendwas am anderen Ende des Gartens zu beobachten. »...Soso«, sagte sie schließlich. »Ist das nicht etwas hochgegriffen?«

»Ach, i wo! Und außerdem: Je höher die Kirschen, desto süßer – oder so ähnlich.«

»Hmhm.« Die Miese-Laune-Falten um den Mund wurden zu Schluchten. »Also ich werde mich jetzt um den Champagner kümmern. Wir sehen uns dann. Marcel, hilfst du mir bitte!«

Zehn Minuten später stand Retzmann vor meinem Liegestuhl und zischte: »Was soll der Blödsinn?! Wer soll das glauben? Ein bißchen verrückt, gut und schön, aber ich hab doch keinen Größenwahnsinnigen zum Freund!«

»Also erst mal, bitte: Wen hast du überhaupt zum Freund? Und zweitens: An was soll man sonst acht Jahre lang schreiben?«

Seine Lippen verschwanden, und er starrte mich an wie die Fiatfahrer auf der Autobahn.

Ich winkte ab. »...Halb so wild. Ich krieg das schon hin. Du wolltest einen originellen Freund? Bitte schön.«

»Meine Mutter fand das gar nicht witzig!«

»Ist sie gläubig?«

Retzmann verbiß sich eine schnelle Antwort, dann sagte er: »Sie hat es im Leben nicht leicht gehabt. Und was uns angeht: Noch so ein Idioteneinfall, und mit unserem Geschäft ist es vorbei.«

Als die ersten Gäste eintrafen, saßen Retzmann und ich auf der Wiese unter einem Apfelbaum, während seine Mutter sich im Zimmer frisch machte.

»Jetzt!« sagte ich, und wir begannen zu lachen und uns gegenseitig auf die Schultern zu klapsen.

Sieben Gestalten wie aus einem Zwanziger-Jahre-Proleten-Film kamen die Wiese herunter. Die Männer trugen derbe Anzüge mit Hosenträgern, schwarze Schnürstiefel und halblange, nach hinten geklebte Haare; die Frauen dunkle Wollkostüme, Nuttenstiefelchen, alten Schmuck und Zöpfe. Nur einer fiel aus dem Bild: ein Mann um die Vierzig mit speckiger Lederjacke, rutschenden Jeans, Turnschuhen und einem T-Shirt, das an eine oft benutzte Serviette erinnerte. Seine großen, traurigen Augen schauten immer leicht verwundert, und wenn er sprach, stieß er die Worte so eilig aus, als habe er Angst, nicht ausreden zu dürfen, mit dem Ergebnis, daß man kaum etwas verstand.

Retzmann begrüßte und umarmte reihum, mal mit unverhohlenem Respekt, mal mit feiner Herablassung. Einem Gegenüber von gleich zu gleich zu begegnen schien ihm schwerzufallen. Später sollte ich mitkriegen, daß sogar ein und dieselbe Person, je nach Situation und Machtlage, von ihm gerade noch hofiert und schon im nächsten Moment abserviert werden konnte.

Retzmann stellte mich vor, ich schüttelte Hände und ließ mich betrachten. Dann zogen wir zur Hotelterrasse, und Retzmann klatschte nach der Kellnerin.

»Was für ein herrliches Schloß!«

»Zauberhaft!«

»Marcel, der Alleskönner!«

Die Kellnerin kam mit Champagner und Gläsern, ließ den Korken knallen und schenkte ein.

»Du verwöhnst uns!«

»Und ich dachte immer, außer schwarzem Kaffee und Aspirin würdest du keine Getränke kennen!«

»Öfter mal was Neues: Textbuch-Bums als Epikureer!« sagte ein Mann um die Fünfzig, der eine Krawatte mit Mickey-Mouse-Figuren trug, und blinzelte scharfsinnig in die Runde. Retzmann lachte und prostete ihm überschwenglich zu, als sei das die intelligenteste Frechheit, die er je gehört hätte. Als spät in der Nacht eine betrunkene junge Schauspielerin sich mit demselben Satz bei Retzmann Klugkind machen wollte, erntete sie einen eisigen Blick und die Antwort: »Ich weiß nicht, ob Fremdwörter das Richtige für dich sind, Alles-Bums!«

Busse und Autos brachten weitere Gäste, und bald füllte eine ausgelassene Partygesellschaft die Hotelterrasse. Champagner und Bier flossen in Strömen, Kellnerinnen reichten Schmalz- und Quarkschnittchen, und auf einem kleinen, extra dafür aufgestellten Podium begann ein Streichquartett, den Nachmittag mit klassischer Musik zu untermalen. Nur zwei schienen sich nicht zu amüsieren: der Mann mit der Lederjacke, der alleine in einer Hollywoodschaukel saß und auf jeden, der nicht rechtzeitig einen Bogen um ihn machte, hastig einzureden und ihm aus losen Blättern vorzulesen begann, und – Retzmann. Mit jeder neuen Fuhre Gäste schaute er gehetzter drein, seine Bewegungen wurden fahrig, und seine lächelnde Aufmerksamkeit in alle Richtungen erstarrte zusehends zur Grimasse. Ich beobachtete, wie er an der Terrassentür die Kellnerinnen anhielt und kontrollierte, ob abgeräumte Champagnerflaschen auch wirklich leer waren. Einem jungen Regieassistenten, der sich die Einladung zum Fest mehr oder weniger erschlichen hatte, trug er zornentbrannt ein vergessenes, noch halbvolles Glas hinterher. Es war Retzmanns Geburtstag, aber es schien alles andere als sein Tag zu werden.

Meine Rolle beschränkte sich inzwischen auf Anwesenheit. Ich war der Freund aus anderer Zeit, und bis auf zwei Schauspieler, die sich mit mir einen antrinken wollten, weil sie hofften, über diesen Umweg bei Retzmann ein Engagement zu ergattern, beließen es alle bei leerem Lächeln im Vorbeigehen. Von Zeit zu Zeit kam Retzmann und sagte rundum vernehmbar so was wie: »Na, altes Haus?!« Und ich antwortete Sätze mit »Früher« und »Prima«.

Langsam wurde ich von den sich hin und her bewegenden Gruppen und Paaren an den Terrassenrand abgedrängt, bis ich plötzlich direkt vor der Hollywoodschaukel stand und es eindeutig unhöflich gewesen wäre, sich nicht einen Moment zu dem Mann mit der Lederjacke zu setzen. Er begrüßte mich kurz, Verwechslung inbegriffen – er hielt mich für irgendeinen Kindertheaterchef, und ich ließ ihn in dem Glauben –, um mir sogleich eine wirre Geschichte über Menschenfresser zu erzählen, die er als Theaterstück in Versform niedergeschrieben hatte. Er begann, mir vorzulesen.

»Eine kurze Passage«, sagte er.

Aber es war eine lange kurze Passage. Angetrunken, wie ich war, in bester Laune für schnelle Späße und flüchtige Neckereien, wurde mir sein Vortrag zur Qual. Ich hielt Ausschau nach Retzmann, er mußte mich aus dieser Situation retten! Und tatsächlich: Retzmann erblickte mich über Köpfe und Hochfrisuren hinweg und drängelte sich zu mir.

»Archie!« rief er. »Ich hab dich schon überall gesucht! Hallo, Knut...«

Der schmutzige Mann hielt inne und sah traurig von seinen Blättern auf.

»Ich kann nur weg, wenn du mich unbedingt brauchst, um das Abendessen vorzubereiten«, sagte ich schnell. »Sonst würde ich hier lieber noch ein bißchen zuhören...«

Retzmann verzog keine Miene. »Tut mir leid, aber das Abendessen kann nicht warten.«

»Wer ist das?« fragte ich, als wir am anderen Ende der Terrasse stehenblieben.

»Knut Schmidt, bekannter Schriftsteller.«

Ich schaute überrascht. »Und der sitzt die ganze Zeit alleine?«

»Na, du hast ihn doch erlebt. Auf Papier ist er großartig, aber in natura...«

»Die Leute hier machen nicht den Eindruck, als würden sie Berühmtheiten meiden, nur weil sie unerträglich sind.«

»Berühmt ja, aber er hat keine Jobs zu vergeben.«

»Gibt es hier eigentlich irgendeinen, der...«, setzte ich an, als sich eine Frau zwischen uns drängte, sich Retzmann um den Hals warf und champagnerbeschwingt auf ihn einzuplappern begann. Von hinten sah sie aus wie vierzehn: rote Wollstrümpfe, knappes Röckchen, Puppenschuhe und Pippi-Langstrumpf-Zöpfe. Als sie sich umdrehte, um mich ebenso überschwenglich zu begrüßen, ohne noch meinen Namen zu kennen, zuckte ich beim Anblick ihres faltigen Großmuttergesichts zurück.

»Endlich lerne ich Sie kennen! Marcel hat ja schon so viel von Ihnen erzählt!«

Ich schielte fragend zu Retzmann, der eine wegwerfende Geste machte.

»Wir sehen uns später, Mareike«, sagte er und gab der Frau einen unmißverständlichen Klaps.

»Noch ein Grund, warum ich dich engagiert habe: Weil sie dich nicht kennen, denken alle, wir hätten uns wunder was Vertrauliches zu erzählen, und lassen mich in Ruhe. Normalerweise hätte sich die alte Kuh an mir festgesaugt.«

»Welchen Job will sie?«

»Keine Ahnung. Wahrscheinlich das Gretchen.«

Retzmann nahm zwei Champagnerkelche vom Tablett eines Kellners, stieß mit mir an, und eine Weile standen wir stumm, nippten an unseren Gläsern und beobachteten das Partytreiben. Dabei passierte etwas Merkwürdiges: Ich begann, mich in Retzmanns Gesellschaft wohl zu fühlen. Er mochte ein arrogantes, eitles Muttersöhnchen sein, das andere wie Vieh behandelte, aber er war nicht dumm, und seine trockene Art, mit bestimmten Situationen umzugehen, imponierte mir. Er verstand, wann's drauf ankam. Ein Blick hatte genügt, um ohne Umstände aus den mitteilsamen Klauen Knut Schmidts befreit zu werden. Ganz im Gegensatz zu dem, was Retzmann vermutlich von sich glaubte, war er der Typ fürs Handeln und nicht fürs Reden oder Denken. Ich mochte gar nicht wissen, was er im Theater fabrizierte, wahrscheinlich ziemlich eingebildetes, verklemmtes Zeug, aber um zum Beispiel einem reichen Antiquitätenhändler das Lager auszuräumen oder ihm falschen

Schmuck anzudrehen, schien er mir zum Partner wie geschaffen.

Als Retzmann gerade mißbilligend einem Pärchen nachsah, das mit zwei Flaschen Champagner im Garten verschwand, fragte ich: »Wann kommt eigentlich deine Freundin?«

»Sie ist doch schon lange da.«

»So...?«

Ich hatte Retzmann während des ganzen Nachmittags mit keiner Frau Vertraulicheres austauschen sehen als das übliche Schmatz-schmatz-Du-hier-Wie-schön.

»Da vorne.« Retzmann deutete auf einige Paare, die sich neben der Bühne zur Streichermusik wiegten.

»Welche davon?«

»Im roten Kleid.«

»Ach was!«

Ich war ehrlich schockiert. Retzmanns Freundin, deren ›Kleid‹ gerade mal so Hintern und Busen bedeckte, tanzte in den Armen des älteren Mannes mit Mickey-Mouse-Krawatte und ... knutschte mit ihm. Sie war mir vorher als hübsches, gutgebautes Mädchen aufgefallen, das sich trotz seiner kecken Aufmachung fehl am Platz zu fühlen schien. Selbst jetzt, während eindeutig schamlosen Treibens, wirkte sie steif und unbeholfen wie ein Backfisch.

»Warum so überrascht?« fragte Retzmann.

»Also, wenn das meine Freundin wäre...«

»Sie liebt mich über alles.«

Sein Ton hatte nichts Ironisches.

»...Na, dann ist ja gut.«

Beim Abendessen fand ich mich an einem großen Tisch mit Old-Mickey-Mouse-Krawatte, Retzmanns Freundin und Knut Schmidt wieder; dazwischen allerhand Gestalten im Edel-Proleten-Look. Schmidt, mittlerweile stark angetrunken, hatte das Vorlesen seiner Verse aufgegeben und erzählte statt dessen Witze. Der Erfolg gab ihm recht. Zwar bewegte sich der Humor auf ziemlich üblichem Gelände voller Nudelhölzer und Wichsflecken, aber Schmidt verstand es plötzlich, Spannung zu schüren, im entscheidenden Moment das Tempo zu wechseln und Pointen zu setzen. Während die Umsitzenden regelmäßig in Gelächter ausbrachen, hing Old-Mickey-Mouse am Ohr von Retzmanns Freundin, die auf sein Geflüster mit mehr oder weniger gequältem Lächeln reagierte. Ja, sie war hübsch: ein schmales, weiches Gesicht mit dunklen Augen und vollen Lippen, drum herum halblange, wuschelige Haare, in die man reinfassen mochte. Allerdings war sie für mich nur so lange hübsch, solange ich sie anguckte. Wandte ich den Blick ab, hatte ich ihr Aussehen beinahe sofort vergessen. Wenn ich es mir schließlich doch merken konnte, so vor allem deshalb, weil es auf der Party noch mindestens drei andere Frauen gab, die Retzmanns Freundin sehr ähnlich sahen. Waren es die Frisuren? Die Schminke? Die Art...?

»Und Sie schreiben also heilige Schriften?« polterte es plötzlich quer über den Tisch, daß die Gespräche verstummten und sich sämtliche Blicke auf mich richteten. In Erwartung von Hohn und Spott kaute ich in Ruhe zu Ende und wischte mir ausführlich mit der Serviette den Mund ab.

Der, der die Frage gestellt hatte, war ein junger, gutaus-

sehender Mann, der mit wildem Kurzhaargestrüpp, Drei-
tagebart und ständigem Kiefermuskelspiel fast alle Vor-
aussetzungen erfüllte, um als sogenannter Charakterkopf
durchzugehen. Wären da nicht seine Augen gewesen, so
platt und leer, als bekämen sie außer ihres Besitzers Spiegel-
bild nicht viel von der Welt zu sehen.

Lächelnd antwortete ich: »Toll, wie Sie auf mein kleines
Geheimnis zu sprechen kommen.« Und mit einem Blick in
die Runde: »Tatsächlich schreibe ich in meiner Freizeit ein
bißchen.«

Und dann passierte etwas für mich völlig Überraschen-
des…

Nach einer kurzen Pause sagte die erste: »Heilige Schriften, wie außergewöhnlich!« und lachte. Aber nicht über
mich, sondern über meine wunderbare Idee.

»Das ist wirklich mal was Neues«, pflichtete ein anderer
bei. Und ein dritter, mit dem Rücken zu Knut Schmidt:
»Schluß mit diesem neudeutschen Kleinklein, hier ein
Verslein, da ein Kurzgeschichtchen. Was wir brauchen, sind
große – ja, ich gebe Ihnen vollkommen recht – heilige
Werke!«

»Schaffen Sie denn damit auch eine ganz neue Religion,
oder schwebt Ihnen eher eine philosophische Neukomposi-
tion von Vorhandenem vor?«

Ehe ich zur verschwommenen Antwort kam, rief ein
kleiner Dicker aufgeregt: »Aber ich bitte dich! Was haben
heilige Schriften denn mit Religion zu tun?! Ich sage nur:
Thomas Mann, Hermann Hesse, Proust!«

»Prost!« hob ich mein Glas, nickte dem kleinen Dicken
zu und erntete allgemeines Gelächter.

Von diesem Moment an konnte ich sagen, was ich wollte, alles wurde »originell« gefunden. Als ich während der Diskussion über den Wert der Bibel im einundzwanzigsten Jahrhundert beim Kellner mehr Senf bestellte, wurde mein »urwüchsiges Naturell« bewundert, und nachdem ich auf eine Frage erwidert hatte, dazu falle mir nichts ein, nickte der Fragensteller und erklärte, er wünsche sich heutzutage öfter solche Antworten, die nicht glänzen wollten, wo kein Licht sei. Sogar Old-Mickey-Mouse ließ für eine Weile von Retzmanns Freundin ab und gab ein paar ironische Schlaumeiereien zum besten. Nur Knut Schmidt war verstummt. Ohne vom Tisch aufzusehen, schüttete er Glas auf Glas Hochprozentiges in sich rein.

Retzmanns Freundin betrachtete mich währenddessen neugierig. Einmal schaute ich von ihr zu Old-Mickey-Mouse und mit fragend hochgezogener Stirn zurück in ihre Augen. Schnell wandte sie den Blick ab. Was war das nur für ein merkwürdiges Spielchen zwischen den dreien? Inzwischen ging ich, aus welchen Gründen auch immer, so in meiner Rolle als Retzmanns Freund auf, daß ich beim Anblick des alten Grapschers wütend wurde. Als er das nächste Mal seine Hände über die Schultern von Retzmanns Freundin schmierte, sagte ich laut: »He, Witzkrawatte, was muß eine Frau eigentlich machen, damit Sie merken, daß ihr Ihr Drängen so angenehm ist wie Herren-Bahnhofstoiletten?«

Mit einem Schlag war absolute Stille am Tisch. Sogar an den Nebentischen kamen die Gespräche ins Stocken, und wenn das Streichquartett nicht munter weitergespielt hätte, wäre wohl die gesamte Partygesellschaft Zeuge der folgenden Szene geworden.

Old-Mickey-Mouse saß einen Moment wie versteinert, dann lockerte er die Krawatte, fixierte mich mit blauen Äuglein und sagte gelassen: »Das ist der erste vernünftige Satz, den ich heute abend von Ihnen höre. Offenbar wissen Sie doch mehr zu formulieren als den Wunsch nach Fressen und Saufen. Wenn Sie nichts dagegen haben, würde ich Sie später gerne einen Moment alleine sprechen. Haben Sie schon mal Dialoge geschrieben?«

Ehe ich noch so richtig ins Staunen, geschweige denn wieder raus kam, erklang eine erbärmliche Mischung aus Wutgeheul und Schmerzensschrei, und Knut Schmidts ziellos geschlagene Faust beförderte eine Portion Kartoffelsalat von seinem Teller in sein Gesicht. Durch tropfende Joghurtsoße und gelbe Stückchen schrie er: »Und ich habe dich so oft beleidigt! Primitiv, intelligent, humorvoll, um drei Ecken, von Angesicht zu Angesicht, skrupellos – doch ein Gespräch unter vier Augen hast du mir nie gewährt!«

»Weil du auf den Tisch scheißt, nur um auszudrücken, daß dir der Nachtisch nicht schmeckt. Formal schwebst du ins nächste Jahrhundert, aber inhaltlich buddelst du in Gräbern«, erwiderte Old-Mickey-Mouse ruhig, als wären wir beim üblichen Tischgespräch. Keine Frage, er war der Chef, mehr Chef als Retzmann – und plötzlich begriff ich.

Im nächsten Moment hörte die Musik auf, und Knut Schmidt, halb vom Stuhl erhoben, die Fäuste geballt, hielt inne und sah sich irritiert um. Eine weißgeschminkte Frau im schwarzen Anzug betrat die Bühne. Einen Augenblick schien Schmidt zu schwanken, ob er es auf einen Skandal ankommen lassen sollte. Doch schließlich ließ er sich in den Stuhl zurückfallen. Mit dem Ärmel seiner Lederjacke wischte er sich einen Teil des Kartoffelsalats vom Gesicht.

Während sich die Mienen an unserem Tisch langsam entspannten, leitete die Frau auf der Bühne mit einer kurzen Rede einen bunten Abend zu Ehren des Geburtstagskinds ein. Es begann mit einem Lied, das sich immer auf Retzmann und was er alles kann reimte, dann folgte eine Pantomime über Retzmanns offenbar gestenreiche Regiearbeit, danach ein Jongleur, der sich Retzmann nannte und den Bällen die Namen verschiedener Theaterintendanten gab, und so weiter.

Knut Schmidt trank den Schnaps jetzt direkt aus der Flasche, während Old-Mickey-Mouse Retzmanns Freundin nur noch unterm Tisch bearbeitete. Erfolglos suchte ich die Terrasse nach Retzmann ab. Ich hätte ihm gerne gesagt, für was für ein Arschloch ich ihn hielt. Daß ich es ihm gerne gesagt und damit meine Bezahlung gefährdet hätte, war allerdings nur ein weiterer Beweis meiner nicht mehr hundertprozentigen Angestelltenhaltung.

Als vierte oder fünfte Bühnennummer trat Retzmanns Mutter auf. Bis dahin war das Programm nicht gerade das gewesen, was irgendwann und irgendwo waches Interesse hervorgerufen hätte – geschweige denn an einem lauen Frühlingsabend nach unzähligen Gläsern Sekt und Bier, und mit dem Bauch voll Würstchen und Kartoffelsalat. Die Darbietungen waren so vor sich hin gedümpelt, während die Zuschauer vor allem damit zu tun gehabt hatten, nicht vom Stuhl zu rutschen. Quasi als Kompromiß hielt man sich mit bemühtem Gelächter wach. Doch nun hörte das Gesuche nach einer bequemen Sitzposition und das versteckte

Gegähne plötzlich auf, und es machte sich gespannte Stille breit. Ging Retzmanns Mutter irgendein Ruf voraus? Oder war es nur der zur Hauptperson des Abends einmalige verwandtschaftliche Grad?

Mit hintersinnigem Lächeln zog sie im Licht des Scheinwerfers eine Papierrolle auseinander, verbeugte sich leicht, räusperte sich und begann in feierlichem Singsang:

> »Guten Abend, liebe Leut,
> welch schönes Fest für uns hier heut.
> Doch ganz besonders rührt der Tag
> das Mütterlein, das euch erzählen mag: ...«

Bis auf entferntes Geschirrklappern aus der Küche war kein Laut mehr zu hören. Daß die Hände von Retzmanns Mutter stark zitterten und ihre Oberlippe immer wieder an den Schneidezähnen klebenblieb und von ihr nur mit auffälligem Unterschieben der Zunge gelöst werden konnte, steigerte die Spannung noch.

> »... Ein Wonnekind, hat nie geschrien,
> vom Herrgott über ihm die Sonne schien.
> Ein glücklich Leben stand bevor,
> von Sorgen frei, wie Engelchor,
> doch wie's so kommt in allen Zeiten,
> Männer in die Ferne reiten...«

Langsam legte sich ihre Nervosität, und ihre Stimme wurde von Zeile zu Zeile fester, ihr Gesichtsausdruck stolzer. Trotzdem mochte ich kaum hinsehen. Sie kennen das vielleicht von Fernseh-Talk-Shows, in denen irgendwelche Halbberühmtheiten vor aller Welt ehrlich tun. Wenn es je intimer, desto banaler wird. Wenn man in ein anderes Programm schalten will, aber durch gespreizte Finger weiter zuguckt, wie bei einem Pornofilm.

> »...Das Kind an Jahren noch nicht drei,
> dem Vater war's schon einerlei.
> Die Mutter blieb allein zurück,
> die Taschen leer, kein Silberstück –
> ach, könnte man doch Kinder kriegen
> ohne Mann, vielleicht mit Fliegen?
> Die leben einen Sommer lang,
> und weg damit und drüber Schwamm...!«

Retzmanns Mutter blinzelte in die Runde, und das Publikum lachte. Vor allem die Männer. Am meisten Old-Mickey-Mouse.

> »...So schuftete die Mutter täglich,
> damit's dem Prinzlein ging nicht kläglich.
> Für Männer blieb ihr Haus verboten,
> geistlose Tiere, mit fünf Pfoten.
> Die Mutter wurde nonnengleich,
> doch voller Spaß, im Herzen reich...«

Ich musterte die Umsitzenden. Ob sie der Vortrag ähnlich peinlich berührte wie mich? Doch anscheinend amüsierten sich die meisten, manche schauten sogar ergriffen.

Der Text ging so weiter. Mutter und Sohn auf der hohen

See des Lebens, mal auf, mal ab, Freude hier, Streit da –
Retzmann tat mir leid. Ob er deshalb verschwunden war?
Ob er geahnt hatte, was für Groschen-Innereien über ihm
ausgekippt würden?

Als der letzte Satz verklungen war und Beifall aufkam,
lehnte sich mein Tischnachbar, mit dem ich bisher kaum
ein Wort gewechselt hatte, zu mir und sagte: »Tolle Frau,
was?!«

»Hm. Aber Tiere auf fünf Pfoten? Was glaubt sie, was ihr
Sohn ist? Ein Fräuleinwunder?«

Ich fand Retzmann im Garten auf einer Bank, im Schoß eine
Flasche Champagner. Als er meine Schritte hörte, wandte
er unwillig den Kopf.

»Mein Freund…!« grüßte ich witzig und ließ mich neben
ihn plumpsen. Obwohl er nichts erwiderte, hatte ich nicht
das Gefühl, unerwünscht zu sein.

Aus meiner Jackentasche zog ich eine Flasche Bier und
öffnete sie mit dem Feuerzeug. Über uns leuchteten Mond
und Sterne. Retzmann starrte über die bleiche Wiese. Auch
er schien nicht mehr nüchtern. Ohne mich anzusehen,
fragte er: »Machen sie sich lustig über mich?«

»Im Gegenteil. Alle möchten dir zu deiner wunderbaren
Mutter gratulieren.«

»Haha!«

»Sie fanden sie selbstironisch, ehrlich…«

»Drecksäcke!«

Retzmann nahm einen Schluck aus der Flasche und
wischte sich über den Mund. »Ich hab dich beobachtet: Du
hast nicht so ausgesehen, als wolltest du mir gratulieren.«

»Nun ... Jedenfalls glaube ich, verstanden zu haben, warum deine Mutter beim Thema heilige Schriften empfindlich reagiert. Sie scheint auf unbefleckte Empfängnis zu stehen.«

Retzmann atmete scharf ein. Dabei vermied er es nach wie vor, mich anzusehen. Ich steckte mir eine Zigarette an und lehnte mich zurück. Champagner gluckerte.

Plötzlich zischte er: »Nun haben sie was, womit sie mir frech kommen können. Ich seh's schon vor mir auf der Probe: ›Meinst du, Marcel, ich sollte Hamlet mehr als Mutter-äh-söhnchen anlegen?‹ Und ich muß mitspielen, sonst mache ich mich lächerlich. Bis heute hatten sie nichts von mir gewußt.«

Wieder gluckerte es.

»Ich hatte keine Ahnung. Es war eine ...«, Retzmann spuckte aus. »...Überraschung!«

Von der Terrasse klang klassische Musik herüber.

»Sie sind wie Haifische! Eine kleine Wunde, und schon stürzen sie sich auf dich. Und in einem Jahr bin ich der Kantinentrottel!«

»Naja... Auch andere haben dusselige Mütter.«

»Aber die tragen keine beschissenen Gedichte vor.«

»Offenbar wußte sie nicht, daß dich so was stören könnte.«

Den Blick gen Himmel, meinen Rauchschwaden hinterher, spürte ich Retzmanns Innehalten. Eine Weile saßen wir stumm. Als ich den Kopf wandte, war Retzmann dabei, sich umständlich einen Zigarillo anzuzünden. So lässig Rauchen aussehen kann, so unlässig ist es, wenn einer die kleinen, dazu nötigen Griffe nicht beherrscht. Überhaupt wirkte Retzmann plötzlich irgendwie... mickrig. Er hatte die Schultern eingezogen, die langen Beine ineinandergeklemmt, und sein normalerweise angriffslustig gerecktes Kinn hing dumm herunter. Hatte ich seine viel zu weite Hose bisher als modischen Irrtum abgetan, erinnerte sie mich jetzt an Männlein-Tricks wie versteckte Absätze und Schulterpolster.

Lautstark blies er den Rauch aus. Dann sah er mich zum ersten Mal an, und sein Blick hatte diese leicht glasige Starre, die entweder tiefsinnige Bemerkungen ankündigt oder von Verblödung zeugt. Oder beides.

»...Sie tat mir einfach immer leid. Alleine in ihrem Appartement in Hildesheim, Fernseher, Katze ... Verstehst du?«

»Soll ich dir was sagen, Retzmann...« Ich schnippte die Zigarette weg. »...Du bist ein Kotzbrocken!« Und während sich in seinem Gesicht wie in Zeitlupe ein Ausdruck von Verblüffung und Schreck breitmachte, fuhr ich fort: »...Ein Zuhälter, der vor seiner Mutter die Hosen voll hat. Ich hab's lange nicht kapiert, aber deine Freundin schafft für dich Jobs an. Und soviel ich mitkriege, macht's ihr alles andere als Spaß.«

Er glotzte mich an. Langsam schloß er den Mund. Seine Äuglein begannen zu schwimmen, und seine Lippen schoben sich beschämt zusammen. Hatte ich ihn wirklich so getroffen, oder war er noch viel betrunkener, als ich glaubte?

»Ich ...«, begann er mit belegter Stimme, doch anstatt fortzufahren, setzte er die Champagnerflasche an. Anschließend sagte er noch mal »Ich...«, brach ab und sah zu Boden.

»Stimmt's etwa nicht?«

Retzmann schwieg. Na schön, dachte ich. Ich bin's losgeworden, auf geht's zurück ins Partyvergnügen! Doch als ich aufstehen wollte, fuhr Retzmann herum und hielt mich am Arm fest.

»Warte!«

Es dauerte noch einiges und, wie mir schien, übertriebenes Schlucken und Seufzen, bis Retzmann schließlich sagte: »Ich kann's dir erklären.«

Aber das konnte er nicht – jedenfalls nicht in dem Sinne, daß mich nach der Erklärung irgendwas an der Sache weniger abgestoßen hätte.

Angeblich war es die Idee seiner Freundin – Manuela – gewesen. Nach einer seiner letzten Premieren, einem Reinfall, habe sie ihn gefragt, was ihn jetzt aufheitern könne, und im Spaß habe er geantwortet: Eine Inszenierung bei Old-Mickey-Mouse.

»...Er ist Intendant des einzigen wichtigen deutschen Theaters, an dem ich noch nicht inszeniert habe. Er haßt mich, weil ich mehr Talent habe als er...«

Retzmann sagte es wie eine Feststellung. Gerade noch im Kampf mit Tränen, gewann er schon wieder an Fahrt.

»...Und abgesehen davon, daß er ein geiler Bock ist, wäre es ihm natürlich ein besonderes Vergnügen, ausgerechnet mit meiner Freundin ins Bett zu gehen. Bei verschiedenen Premierenfeiern und Abendessen hat er immer wieder versucht, sich an sie ranzumachen, aber wie gesagt: Manuela liebt mich. Und zwar so sehr, daß sie dann gesagt hat: Okay, wenn dir diese Inszenierung so wichtig ist, kann ich das für dich arrangieren.« Retzmann zog mit gespreizten

Fingern am Zigarillo. »Dazu mußt du wissen: Ich bin weder prüde noch eifersüchtig. Natürlich war ich am Anfang etwas schockiert, aber nach einer Weile... Ich meine, wenn es Manuela nichts ausmacht?«

Er sah mich an und hob fragend die Augenbrauen. Ich antwortete nicht. Was hätte ich schon sagen können? Daß es *mir* etwas ausmachte? Hätte ich mich als Tugendwächter aufspielen sollen? Ausgerechnet ich?! Offenbar galten in Retzmanns Welt andere Gesetze – was hätte mein Urteil für einen Wert gehabt? Und überhaupt: Was ging mich das eigentlich alles an? Hatte ich mich nicht mit Retzmann auf einer Art Extra-Ebene bisher ganz gut verstanden? Ein paarmal hatten wir sogar richtig Spaß gehabt. Zum Beispiel als wir am Abend vorher mit Sandwiches vorm Fernseher gesessen und uns über das Geschwätz der Sportmoderatoren lustig gemacht hatten. Oder als wir nachmittags einigen Schauspielern glaubhaft machen konnten, daß Schmalzschnittchen gut für die Durchblutung des Gehirns seien und darum geistig wach hielten...

Nach einer Weile erwiderte ich: »Ja, wenn's ihr nichts ausmacht... Aber wie gesagt, so kam's mir nicht vor.«

»Natürlich ist die Situation für sie ungewohnt...«

Situation ungewohnt...? Sollte er mir doch den Buckel runterrutschen! Ich stand auf. »Okay, Retzmann, ich geh weiter Bier trinken.«

»Du hältst mich für einen Arsch, was?«

Ich zuckte die Schultern. »Als Angestellter halte ich mich mit Urteilen zurück.«

»Angestellter!« Retzmann sprang auf. »So ein Quatsch! Nach diesem Tag! Merkst du denn nicht, wie ich dir vertraue? Ich hätte hier doch mit keinem so geredet wie mit dir!«

Er hatte mir die Hand auf die Schulter gelegt, und sein Blick war so nackt und ehrlich, wie ich es bei ihm zum ersten Mal erlebte. So standen wir uns einen Moment gegenüber, und wenn mir das Pathetische an der Situation auch unangenehm war, geriet ich doch ins Schwanken. Wenn Retzmann nur deshalb so war, wie er war, und tat, was er tat, weil ihn niemand daran hinderte, weil er, tja, was soll ich sagen... eben keine Freunde hatte?

»Komm«, ich nickte Richtung Schloß, »es ist deine Party. Die Leute fragen sich sicher schon, wo du bist.«

Als wir zurück zur Terrasse kamen, saß Knut Schmidt in großer Runde und zog sich mit einem Strohhalm Schnaps durch die Nase ein, um anschließend damit zu gurgeln. Der Erfolg am Tisch war noch größer als beim Witzeerzählen. Auch andere hatten inzwischen die paar Gläser zuviel getrunken, die je nach Charakter bewirken, daß man die Sau rausläßt oder anfängt, leise aufeinander einzulallen.

Retzmann legte den Arm um meine Schulter und schob mich zu dem Tisch, an dem seine Freundin und Old-Mickey-Mouse saßen.

»Da seid ihr ja endlich!« rief Manuela. Old-Mickey-Mouse nickte uns mit schiefem Lächeln zu.

»Wir haben ein bißchen über alte Zeiten geschwätzt«, erwiderte Retzmann, drückte mich auf einen Stuhl und gab Manuela einen Kuß auf die Stirn. Nach einem Blick über den Tisch: »Ihr habt ja nichts mehr zu trinken«, winkte er einem der Kellner und ließ sich und den anderen Champagner und mir Bier bringen.

»Weißt du, was Reimund gerade vorgeschlagen hat?« sagte Manuela, die über unser Kommen offensichtlich froh war. Im Gegensatz zu den anderen schien sie noch relativ nüchtern. »Ob wir ihn nächstes Wochenende nicht auf seinem Bauernhof in Kärnten besuchen wollen?«

»Nächstes Wochenende?« Retzmann hatte sich gesetzt und fischte sich einen Zigarillo aus der Jacke. »Ich glaube, da habe ich keine Zeit. Ich muß nach Hamburg. Aber wenn du fahren willst...«

Er schnippte sein Feuerzeug an und beugte sich über die Flamme. Wir drei sahen ihm zu.

»Apropos Zeit...« Old-Mickey-Mouse fuhr sich mit der Zunge über die Lippen. »Ich denke, Marcel, nächste Spielzeit sollten wir wirklich endlich mal was zusammen machen. Im Frühjahr hab ich im großen Haus noch eine Produktion offen... Ich meine, wenn es dein Terminkalender zuläßt. Ich jedenfalls würde mich sehr freuen.«

Retzmann guckte, Rauch in die Luft paffend, vor sich hin, als quatsche ihn irgendein Nippes-Verkäufer an. Offenbar hatten seine Äußerungen im Garten ihre Wirkung auf mich nicht verfehlt, denn plötzlich glaubte ich, ihn zu verstehen, fühlte mich ihm irgendwie zugehörig, fast wie ein Komplize. Ich mußte mich zusammenreißen, um über seine Vorstellung vor Old-Mickey-Mouse nicht laut loszulachen. Dabei vermied ich es nicht, Manuela anzusehen. Doch was ich sah, war ergebenes, zufriedenes Lächeln; sie genoß die Früchte ihrer Bemühungen.

»Mich würde das selbstverständlich auch sehr freuen«,

knurrte Retzmann am Zigarillo vorbei. »Allerdings habe ich fürs Frühjahr schon in Bochum zugesagt. Natürlich nur mündlich, aber ... Na, Reimund, du kennst das ja. Also, bei aller Ehre – und ich habe mir wirklich schon lange gewünscht, an deinem Haus zu inszenieren, gerade auch weil es nicht eins der ganz großen Häuser ist und man nicht so unter Druck steht und auch mal irgendwas ausprobieren kann – du weißt, wie ich's meine ... Jedenfalls käme mir Herbst sehr viel gelegener.«

Über die Zigarillospitze hinweg funkelten Retzmanns Augen wie bei einem Pokerspieler, der den Gegner auf den Knien hat. Inzwischen fragte ich mich, warum Old-Mickey-Mouse dies alles für nötig hielt, nur um ein Wochenende mit Manuela zu verbringen. Ich meine, in seiner Position – Schauspielerinnen, Regieassistentinnen und wie das alles heißt stehen ja nun nicht gerade für keusches Verhalten gegenüber Intendanten. Doch offenbar hatte für Old-Mickey-Mouse das Vergnügen, Retzmann mit Manuela zu, naja, betrügen, den gleichen Stellenwert wie für Retzmann, bei Old-Mickey-Mouse, der ihn haßte, zu inszenieren.

»Tja, wenn das so ist ...«, Old-Mickey-Mouse hob sein Glas, »... dann werde ich wohl eine andere Produktion schieben müssen.«

»Ich möchte dich zu nichts zwingen.«

»Aber woher denn, das mach ich doch gerne.«

Retzmann hob ebenfalls sein Glas, und sie stießen miteinander an.

»Auf deine Inszenierung!«

»Auf ... uns!«

Nachdem sie getrunken hatten, saßen wir einen Moment

stumm, und jeder verbarg sich hinter seiner Art nichtssagenden Lächelns, bis Manuela plötzlich in die Runde fragte: »Kennt ihr den? Warum lecken sich Hunde so oft ihre eigenen Geschlechtsteile?«

»Weil sie's können«, antwortete ich, und im allgemeinen Gelächter entkrampfte sich die Situation. Anschließend erzählte Retzmann einen Witz, dann Old-Mickey-Mouse, und immer so weiter. Als habe ein lang erwartetes Duell stattgefunden, das alle in Aufregung versetzt hatte und das nun ohne schwere Verletzungen zu Ende gegangen war. Wir soffen und lachten, lästerten über die Leute am Nebentisch, spielten Spiele mit Streichhölzern und Bierdeckeln, mieden jedes ernste Thema, und es wurde, außer für Old-Mickey-Mouse, ein wirklich lustiger Abend.

Gegen drei kamen die letzten Gäste an unseren Tisch, um sich bei Retzmann für die Einladung zu bedanken und einen abschließenden kurzen Plausch zu halten, ehe sie ins Bett gingen. Schon vor Stunden hatte sich Old-Mickey-Mouse verabschiedet, volltrunken, mit dem bemühten Grinsen des Übervorteilten. Während des ganzen Abends nämlich hatte Manuela keinen Zweifel daran gelassen, zu wem sie, trotz aller Abmachungen, gehörte. Dazu waren Retzmann und ich beim Spielen und Lästern zu einem echten Team zusammengewachsen, das sich gegenseitig Stichworte und Vorlagen am laufenden Band servierte. Irgendwann hatten wir uns auch Old-Mickey-Mouse vorgenommen: »Sie tragen da wirklich eine witzige Krawatte. Nicht wahr, Retzmann?«

»Ja, witzig! Hätte gerne selber so eine.«

»Na, dafür bist du noch nicht reif genug.«

»Meinst du, es gibt einen Zusammenhang zwischen witzigen Krawatten und Lebenserfahrung?«

»Klar. Mickey-Mouse-Krawatte mit dreißig ist kindisch, mit fünfzig ist es, naja, witzig eben. Abgesehen davon, daß eine bunte Krawatte nicht mit deiner Haarfarbe harmonieren würde.«

»Stimmt! Ist mir bisher gar nicht aufgefallen, Reimund, du bist ja fast grau!«

»Steht ihm aber prima.«

»Ja, prima.«

Im Laufe des Abends war Old-Mickey-Mouse zu einer Art Sandsack geworden, in den jeder am Tisch Anwesende mal reinschlagen durfte. Selbst Retzmanns Mutter, die sich für eine Weile zu uns gesellte – viel Zeit hatte sie nicht, denn seit ihrem Gedichtvortrag stand sie im Mittelpunkt des Partyinteresses –, ließ keinen Zweifel daran, daß ihr der feiste Mann im jugendlichen Kostüm wenig sympathisch war. Irgendwann waren wir wie eine Bordellbelegschaft gewesen, die den Freier gleichzeitig brauchte und verachtete.

Um halb vier hatte sich die Terrasse, bis auf uns drei und Knut Schmidt, der in der Hollywoodschaukel lag und schnarchte, geleert. Die kleine Bühne war abgebaut, Aschenbecher und Essensreste waren weggeräumt, und nur noch ein paar Flaschen und Gläser erinnerten an das vorangegangene Fest. Vor uns brannten zwei Kerzen, dahinter lag friedlich und nach Flieder duftend der dunkle Garten.

Während Retzmann von Tisch zu Tisch ging, auf der Suche nach Champagnerresten, sagte Manuela leise: »Ich bin sehr froh, daß Marcel einen Freund wie dich hat.«

Auch sie war inzwischen betrunken. Sie legte ihre Hand auf meinen Arm, und ihre geröteten, vor Müdigkeit kleinen Augen schauten zärtlich. »Einen, der mit Theater und dem ganzen Kram nichts zu tun hat. Verstehst du?«

Ich nickte.

»So fröhlich wie mit dir habe ich Marcel lange nicht mehr gesehen. Immer ist er so... so nachdenklich, nur mit seiner Arbeit beschäftigt, ohne jeden Spaß. Ich meine, die Arbeit macht ihm Spaß, aber sonst...« Sie senkte den Blick. »Du glaubst nicht, was ich alles versuche, nur damit er glücklich ist.«

Eine Weile saßen wir stumm, im Hintergrund Retzmanns Schritte und Flaschenklirren. Plötzlich sah Manuela auf. »Warum hat er nie etwas von dir erzählt? Immer nur Wischiwaschi, irgendwelche Freunde von früher, keine Namen. Wenn ich von dir gewußt hätte... Bis heute gab es niemand, mit dem ich über Marcel reden konnte, ich meine, niemand, der ihn so gut kennt wie du.«

»Na, ab jetzt werden wir uns sicher öfter sehen.«

»Auf jeden Fall!«

»Hier, ihr Flüstertüten!« Retzmann trat an den Tisch und stellte drei halbvolle Flaschen ab.

»Wir haben gerade beschlossen, daß Archie uns bald besuchen kommt«, sagte Manuela.

»Aber immer! Wenn ihn die nächste Geschäftsreise nach München führt...« Retzmann zwinkerte mir zu.

Dann stießen wir an und tranken und versicherten uns, wie herrlich es sei, in dieser lauen Nacht endlich alleine zu sitzen. Und es war tatsächlich herrlich! Ich schwebte in einer Wolke aus Champagner und Bier und schloß die beiden in mein Herz. Sie erzählten mir, wie sie sich kennengelernt hatten, und ich sprach von einer Frau, die ich liebe, aber nicht kriege.

Erst als der Himmel schon hell war, standen wir auf, umarmten und küßten uns.

»Bis morgen, altes Haus!«

»Bis morgen, alter Furzer!«

Im Bett unter der Daunendecke dachte ich noch: ›Seltsam, wie sich die Dinge manchmal entwickeln.‹ Lächelnd schlief ich ein.

Gegen Mittag wachte ich auf. Der Himmel hatte sich zugezogen, und ein leichter Sprühregen wischte über die Fenster. Ohne mich darum zu kümmern, stieg ich, trotz Kopfschmerzen und Schwindelgefühl, in bester Laune aus dem Bett und wankte unter die Dusche. Beim Anziehen waren die Kopfschmerzen schon fast weg. Und gegen das Schwindelgefühl würden wir zum Frühstück einfach ein paar Gläser Champagner trinken!

Ich lief die Treppe hinunter ins Erdgeschoß und bog in den Frühstücksraum. Doch die Tische waren abgedeckt, und bis auf eine Putzfrau, die den Boden wischte, war niemand da. Ich ging zur Rezeption. Der Mann, der uns vorgestern empfangen hatte, saß dahinter und tippte in einen Rechner.

»Schönen guten Morgen!« wünschte ich.

»Guten Morgen.« Er lächelte mir freundlich zu. »Gut geschlafen?«

»Hervorragend! Ist Marcel Retzmann schon aufgestanden?«

»Herr Retzmann? Er ist vor zwei Stunden abgereist. Aber warten Sie…«

Während er sich mit seinem Stuhl zu einer Reihe numerierter Fächer drehte, spürte ich, wie mir ein Kloß im Hals wuchs. Ich stützte mich auf die Rezeption.

»Hier.« Er reichte mir einen Umschlag. »Für Sie.«

Ich riß das Papier auf. Meine Hände zitterten leicht, und auch die Kopfschmerzen meldeten sich plötzlich zurück. Im Umschlag lagen sechs blaue Hunderter, sonst nichts.

»Ist das alles?«

»Ich denke, schon. Wenn Sie nichts aus der Minibar hatten, ist alles geregelt.«

»Nein, ich meine…«

»Soll ich Ihnen ein Taxi rufen?«

»Ein Taxi…? Ach so. Nein, nein.« Ich schob den Umschlag in die Hosentasche. Stumm blieb ich gegen die Rezeption gelehnt stehen. Der Mann lächelte mir noch mal zu und widmete sich wieder dem Rechner.

Als ich wenig später mit Rucksack und Schmuckkoffer die Schloßauffahrt hinunterstapfte und mir der Regen ins Gesicht wehte, dachte ich, was für eine perfekte Inszenierung Retzmann abgeliefert hatte. So perfekt, daß es mich noch lange ärgerte, keine Möglichkeit mehr gehabt zu haben, ihm das ins Gesicht zu sagen.

Schwarze Serie

Er hatte es versaut, keine Frage! Er war Chef vom Sicherheitsdienst und hatte die Übergabe geleitet. Dabei war es egal, daß in den Bleibehältern der Russen anstatt Plutonium ein Zettel gelegen hatte mit den hingeschmierten Worten: »Arsch leck! Alle Nazihitlers doof wie Scheiße!«, und daneben zwei abgeschnittene Schweinehoden. Die Koffer seiner Männer waren ja auch nicht mit Geld gefüllt gewesen, sondern mit Klopapier. Die ganze Übergabe war ein einziger Witz gewesen, allerdings für zwei Russen und einen seiner Männer mit tödlichem Ende. Einen Moment nicht aufgepaßt, und plötzlich hatte dieser kleine krummbeinige Iwan eine Kanone in der Hand gehabt. Woher? Tja! Die Übergabe hatte am See stattgefunden, und alle waren in Badehosen gekommen. Seine Idee. Eine Spitzenidee! Der Boß hatte ihn vorher noch dafür gelobt. Und dann das... Es gibt nur eine Möglichkeit, wo ein Mann mit Badehose eine Pistole verstecken kann, und im nachhinein erinnerte sich Harry, daß ihm noch durch den Kopf gegangen war: ›Diese Krimkaffer! Immer spitz wie Lumpi!‹, und das war dann auch der Moment gewesen, wo er kurz über den See geguckt und an Jessica gedacht hatte. Seine Jessica, die ihn in letzter Zeit behandelte wie den letzten Dreck. Tja, und dann war die Ballerei auch schon losgegangen. Natürlich hatten auch seine Männer in Baumlöchern und hinter Büschen allerhand Waffen versteckt und waren in Null Komma nix, was den Bleiausstoß betraf, überlegen gewesen, aber Ralle hatte dran glauben müssen – ausgerechnet Ralle, der Neffe vom Boß.

Die Tür ging auf, und Harry wurde vom Flur ins Allerheiligste gerufen. Ein großes helles Zimmer mit Parkettboden und Stuckdecke. An den Wänden hingen echte Warhols, und sämtliche Möbel hatten auf der letzten Mailänder Designermesse Preise gewonnen. Hinter dem Schreibtisch aus Chrom und Schiefer saß André von Ammersfeld und übte Pfeife rauchen. Mit richtigem Namen hieß er Horst Ruttke, und bis vor vier Jahren hatte er kaum gewußt, daß das Wort Pfeife noch was anderes benannte als einen Trottel. Noch heute war ihm das Gerät fremd, regelmäßig glühten ihm die Edelholzböden durch, und sobald ausländische Geschäftspartner oder wichtige Kunden aus der Tür waren, warf er den Kram hin und steckte sich eine gute alte Lord Extra an.

Ja, in den letzten vier Jahren, seit der Maueröffnung, hatte sich eine Menge verändert. Aus Ruttke-Immobilien in Steglitz war Ammersfeld-International-Cooperation-and-Management am Ku'damm geworden. Die Häuser der Firma, vorher abbruchreife Kästen in Stadtrandlage, hatten sich von einem Tag auf den anderen in begehrte Objekte in Citynähe verwandelt. Es dauerte nicht lange, und Ruttke schwamm im Geld. Ab da lief fast alles von alleine. Zur Spekulation mit Immobilien kamen andere Geschäfte, ermöglicht durch die von Tag zu Tag offeneren Grenzen gen Osten. Nebenbei: Ruttke kaufte Penthouse auf Penthouse für Freundin auf Freundin, dazu ein Fußballfeld voll Jeeps und Cabriolets, ließ sich den Bauch absaugen und Haare auf die Halbglatze pflanzen und wurde zu einem anerkannten Mitglied der Berliner Gesellschaft. Heute bekam er vom Kultursenat automatisch Premierenkarten für die Oper, und keiner störte sich daran, wenn er während der Vorstellung einen seiner Leibwächter nach Bier und Currywurst schickte. So war er eben, der ›Hotte‹! Selbst der Bürgermeister nannte ihn so, und Horst Ruttke dankte es ihm mit Einladungen zu Champagner-Picknicks und privaten Damenbademoden-Shows. Von Ammersfeld hieß er nur für Geschäftspartner von auswärts und die Neueingestellten in seinen Büros.

Ruttke betrachtete Harry über die kalte Pfeife hinweg. Istvan, der Harry hereingerufen hatte und neben Harry der zweite Chef in Ruttkes Sicherheitsdienst war, hockte sich lässig auf die Lehne eines Stuhlgebildes aus Kupferdrähten und Seidenblumen und begann, extra langsam einen Bubble-gum auszupacken. Das Aufreißen und Knistern des Papiers war für ein, zwei Minuten das einzige Geräusch im Zimmer. Die Fenster zum Ku'damm waren aus Panzerglas, und nicht mal eine Feuerwehrsirene wäre von der Straße zu hören gewesen. »Tja, Harry...«, sagte Ruttke mit gepreßter Stimme. »...Das war wohl nichts.« Und nach einer Pause: »Stimmt's, oder hab ich recht?«

Harry blickte starr auf einen Punkt auf der Wand direkt über Ruttkes Kopf. Wie lange es diese Scherzfrage wohl schon gab? Und wie lange es sie noch geben würde? Und ob sie jemals jemand lustig gefunden hatte, außer denen, die sie benutzten? Ruttke benutzte sie dauernd.

»Stimmt«, antwortete Harry, ohne den Blick von der Wand zu nehmen. In solchen Situationen mit Ruttke war es besser, nur das Nötigste zu sagen. Und selbst das war meistens falsch.

»Das heißt, ich habe unrecht?«

Harry biß leicht die Zähne zusammen. Es sollte also ein echter Anschiß werden. Wenn nur dieser Lackaffe Istvan nicht dabeigewesen wäre!

»Es stimmt, und du hast recht. Aber ich würde gerne erklären...«

Weiter kam er nicht.

»Erklären!« schnauzte Ruttke. »Das würde ich auch gerne! Und zwar meiner Schwester, wieso ihr Sohn bei irgendeinem läppischen Treffen mit ein paar tschetschenischen Scherzkeksen einfach so abgeknallt wurde?!«

»Bei dem läppischen Treffen ging es um Plutonium.«

»Ach, Plutonium!« Ruttke warf die Hände in die Luft. »Soweit ich weiß, waren Schweineeier in den Kisten, oder etwa nicht?«

Harry antwortete nicht. Es war sinnlos.

Ruttke setzte sich in seinem Sessel zurück und machte ein Gesicht, als wäre sein Armani-Anzug in der Reinigung eingegangen.

»...Nicht daß ich diese fette Mißgeburt von Neffen besonders gemocht hätte. Man mußte ja denken, meine Schwester hätt's mit 'm Elefanten getrieben, zuzutrauen wär's ihr. Aber ob Ralle nun das Ergebnis von 'ner wilden Nacht mit Dumbo war oder ihn die täglichen dreißig Big Macs so aufgepumpt haben – was ich mir nicht vorstellen kann, weil da ist Sesam drauf, saugut zum Kacken, hört

Gesicht. Harry versuchte zu gucken, als verstehe er nicht genau, was Ruttke eigentlich von ihm wollte.

Schließlich nickte Ruttke leicht: »Wenn du's sagst. Aber ich sag dir auch was: Jessica ist 'ne klasse Frau. So eine findest du nicht so schnell wieder. Also, mach keinen Scheiß!«

»Ich?!« fuhr Harry auf und bereute es im selben Moment.

Über Ruttkes Lippen ging ein Lächeln.

»...So ist das also. Tja, dazu fällt mir nur ein: Vielleicht kümmerst du dich nicht genug um sie. Ich meine...« Er grinste: »...Du weißt schon. Lieben tut sie dich jedenfalls, hat sie mir selber oft genug gesagt, und mich lügt keiner an.«

»Wie... hat sie dir gesagt? Wieso dir?«

»Glaubst du, wir telefonieren nicht hin und wieder miteinander? Sie ist schließlich die Frau von meinem besten Mann.«

Harrys Augenbrauen hatten sich zusammengeschoben, und für einen Moment musterte er Ruttke unverhohlen skeptisch. Die letzten Wochen mit Jessica waren so furchtbar gewesen, daß er, was sie betraf, nicht mehr klar denken konnte. Hinter jedem Mann, der mit ihr Kontakt hatte, und sei es ihr schwuler Innenarchitekt, vermutete er einen Nebenbuhler. Das ging so weit, daß er morgens, wenn er zur Arbeit fuhr, bei jedem in der Nähe ihres Bungalows allein herumlaufenden oder -stehenden Mann den Wagen anhielt und wütend durch die Scheibe prüfte, ob er ein Kandidat für Jessica sein könnte. Er hatte sie immer geliebt, aber wie schmerzhaft, war ihm erst in den letzten Wochen aufgegangen.

man...« Ruttke sah kurz auf, und Istvan kicherte beifällig. Harry zwang sich zu einem Lächeln. Ruttke bildete sich eine Menge auf seinen Humor ein, und als sein Angestellter hatte man sich zu amüsieren. »...Er war jedenfalls mein Neffe! Und dabei geht's mir nicht um Itaker-Schmus, von wegen Familie, sondern darum, daß meine Schwester seit vier Tagen ununterbrochen anruft und mir abwechselnd die Ohren vollheult und damit droht, irgendwelche kriminellen Geschäfte auffliegen zu lassen, in die ich ihren Sohn angeblich reingezogen hätte – keine Ahnung, was sie damit meint. So!« Er knallte die flache Hand auf den Tisch. »Jetzt verstehst du hoffentlich, warum ich einigermaßen sauer bin! Hätte doch irgend jemand anders von euch dran glauben können! Außer dir, mein ich natürlich.«

Harry verlagerte sein Gewicht von einem Bein aufs andere und wartete. In sein linkes Ohr drang das Knatschen von Istvans Kaugummigekaue. Ruttke steckte sich eine Zigarette an und blies den Rauch wie einen letzten Rest Wut zur Decke.

»...Na schön«, sagte er dann und zuckte mit den Schultern. »Passiert ist passiert – und wenn wo was passiert ist, wo nichts mehr zu machen ist, dann ja wohl bei 'nem Toten. Stimmt's, oder hab ich recht?«

Harry spürte, daß Istvan von der Seite mit seinen kleinen braunen Augen beobachtete, wie er die erneute Demütigung einsteckte. Es war ein offenes Geheimnis, daß sie sich nicht mochten. Bei Istvan hatte das einen praktischen Grund: Er wollte alleiniger Chef des Sicherheitsdiensts werden. Harry dagegen fand Istvan einfach zum Kotzen: die bunten Seidenhemdchen, das zurückgekämmte, ölige Haar, der nachgefärbte Schnurrbart, der Diamant im Ohr und diese samtweiche Schlagersängerstimme! Istvan brauchte bloß den Mund aufzumachen, und Harrys Boxerschultern spannten sich zur ersten Runde.

Harry räusperte sich: »...Es stimmt, und du hast recht.«

Ruttke grunzte zufrieden. Dann wurde er sachlich. Er gab Anweisungen, wie sich jeder bei den ins Haus stehenden Polizeiermittlungen zu verhalten habe, und beauftragte Istvan, mit zwei kräftigen Kerlen bei seiner Schwester vorbeizuschauen, ihr das herzliche Beileid der Ammersfeld-Belegschaft auszurichten, ihr eine großzügige Entschädigung in Aussicht zu stellen und nebenbei darauf hinzuweisen, daß ein Toter in der Familie nicht etwa wie eine Art Gottesopfer funktioniere, wonach die anderen Familienmitglieder gegens Sterben unter mysteriösen Umständen gefeit wären.

»So! Damit hätten wir, glaube ich, alles geregelt. Jetzt trinken wir noch einen, und Schwamm drüber. Istvan, schaff mal den Grappa her! Und guck, daß die Gläser sauber sind! Seit wir diese polnische Putzfrau haben... Am besten, du wäschst sie noch mal ab, und laß dir Zeit dabei.«

Als Istvan das Zimmer verlassen hatte, stützte Ruttke den Ellbogen auf den Tisch, legte das Kinn in die Hand und betrachtete Harry einen Moment nachdenklich, fast zärtlich.

»Was ist los, mein Junge? Du siehst in letzter Zeit irgendwie immer so... so ausgeschissen aus. Als hättest du angefangen, Gedichte zu lesen?«

Harry tat, als sei er voll damit beschäftigt, sein Notizbuch zu verstauen.

»...Ich meine, jeder hat mal Zeiten, wo's ihm nicht gut-

geht«, fuhr Ruttke fort. »Das Wetter, die Verdauung, 'n eingewachsener Nagel oder auch das Innere, klar, bin doch nicht aus Stein. Auch ich hab Momente, wo ich mich frage, was das alles soll: Geld, Weiber, Rum – ich meine Ruhm. Und dann überleg ich Sachen wie: Wo komm ich her, wo geh ich hin, was ist der Sinn, und was kommt nach'm Tod. Bin ich ich, bist du du? Naja, so Zeug eben. Aber was soll ich sagen, das geht vorbei... Hat es was mit Jessica zu tun?«

Vielleicht war das das ganze Geheimnis von Ruttkes Erfolg: Er schaffte es, die Leute, selbst die, die ihn gut kannten, in völliger Sicherheit oder Langeweile zu wiegen, um dann plötzlich die entscheidende Frage, das entscheidende Angebot oder die entscheidende Drohung auszusprechen. Wenigstens für einen Augenblick stand seinem überraschten Gegenüber dann die Wahrheit im Gesicht, und von diesem Augenblick ließ ihn Ruttke nicht mehr zurück.

Harrys Mund öffnete sich kurz, dann senkte er den Blick und schüttelte den Kopf: »Mit uns ist alles in Ordnung.« Er machte sich am Reißverschluß seiner Sportjacke zu schaffen. »Hab in den letzten Wochen ein bißchen Ärger mit den Handwerkern gehabt. Weißt ja, wir lassen uns gerade 'n Pool bauen. Außerdem ruft Jessicas Mutter dauernd an, weil ihr Kurzzeitgedächtnis futsch ist. Verstehst du? Sie sagt sich, heute ruf ich mal meine Tochter an, tut's, Jessica redet mit ihr, alles wunderbar, sie legen auf, fünf Minuten später klingelt's wieder: ›Meine Jessi! Endlich erreich ich dich!‹ Und das zwanzigmal am Tag. Wenn's so weitergeht, müssen wir uns 'ne neue Leitung legen lassen... Naja, ein paar Nervereien, nichts Schlimmes.«

Eine Pause entstand. Ruttkes Blick lastete auf Harrys

Ehe Harry noch etwas sagen konnte, ging die Tür auf, und Istvan kam mit Schnaps und Gläsern.

Als Istvan und Harry nachher draußen den Flur entlanggingen, säuselte Istvan, während er seine öligen schwarzen Locken in Form strich: »Ich hab mir überlegt, ich nehm dich mit zur Schwester vom Chef.«

Harry kam die Galle hoch. Er konnte nichts dagegen tun: Er fuhr herum, packte den kleinen Mann am Sakkokragen, hob und stieß ihn gegen die Wand, daß Istvan die Luft wegblieb, und zischte: »Mich nimmt niemand irgendwohin mit! Und schon gar nicht so 'ne verhinderte Ballerina wie du!«

In dem Moment trat Ruttke in den Flur und hielt verdutzt inne. Dann hob er die Arme und sagte: »Kinder, Kinder...! Wir haben zu tun!«

Am Nachmittag erledigte Harry Routinearbeiten: bei ein paar säumigen Wirten Geld eintreiben, den wichtigsten Koksverteiler von Ammersfeld-International-Cooperation-and-Management im Krankenhaus besuchen und mit einem afghanischen Waffenankäufer die Übergabemodalitäten besprechen. Gegen sechs kam er endlich weg. Er rannte durch den Regen zu seinem gebraucht gekauften, dunkelblauen Jaguar. Es war Ende Mai, und seit einer Woche goß es wie aus Kübeln. Harry war in Berlin geboren, aufgewachsen, alles – aber an das Berliner Wetter würde er sich nie gewöhnen.

Der Jaguar schnurrte den Ku'damm hinunter Richtung Zehlendorf. Vor drei Jahren waren er und Jessica aus einer Drei-Zimmer-Wohnung in Neu-Westend in den Bungalow am Schlachtensee gezogen. Damals war die Welt noch in Ordnung gewesen. Harry hatte an Ruttkes Seite Sprosse um Sprosse auf der Erfolgsleiter erklommen und geglaubt, das höre nie auf: immer höher, immer weiter, immer toller. Doch irgendwann war die Leiter zu Ende gewesen, hatte Harry alles erreicht, was der Sicherheitsdienstchef einer regionalen Gangsterboßgröße erreichen konnte, und der Erfolg wurde zum Alltag. Entweder Harry hielt das Niveau, oder er stieg ab, zu gewinnen gab es für ihn nichts mehr – jedenfalls nicht bei Ammersfeld-International-Cooperation-and-Management. Vor einem Jahr hatte Ruttke ihm Istvan zur Seite gestellt. Istvan sprach Russisch und Ungarisch, kannte sich im internationalen Steuerrecht aus und hatte als ehemaliger Bordellchef Verbindungen zu sämtlichen Schlepperorganisationen in Osteuropa. Mit einem Wort: hochqualifiziert. Dagegen nahm sich Harrys schwarzer Karategürtel, seine kurze Karriere als Kickboxer und seine Ausbildung zum Scharfschützen auf einmal unangenehm bescheiden aus. Vor der Maueröffnung hatten seine Fähigkeiten gereicht, um in der Berliner Unterwelt oben mitzuspielen, inzwischen mußte er fast froh sein, daß Ruttke an ihm festhielt. Aber wie lange noch?

Er bog auf die Avus ab, eins der kleinen Stücke Westberliner Autobahn aus vergangenen, übersichtlichen Zeiten.

Und dann war plötzlich auch noch sein Leben mit Jessica aus den Fugen geraten. Dabei hatte der große Krach vor vier Wochen, seit dem alles anders war, so lächerlich angefangen: Jessica wollte tanzen gehen.

»Okay, Schatz, viel Spaß, ich warte auf dich.«

»Wieso kommst du nicht mal mit?«

»Das weißt du doch: Ich kann nicht tanzen. Außerdem hab ich dem Chef vom VOGUE vor ein paar Monaten den Arm gebrochen. Wenn ich jetzt da hinkomme und wie jeder Wochenendprolet rumhampel, denkt der doch beim nächsten Mal wieder, er muß nicht zahlen.«

»Ich bin also ein Wochenendprolet?!«

»Du bist meine Prinzessin! Du könntest einen Hund haben, der Happy heißt, und ich würde dich immer noch lieben!«

»Ist dir eigentlich klar, daß wir überhaupt nichts mehr unternehmen, sondern nur noch zu Hause rumhocken und übers Wetter reden oder Fernsehen gucken?!«

»Ich hab im Moment eben viel zu tun.«

»Und ich soll die ganze Zeit zu Hause bleiben?!«

»Gar nicht. Ich sag doch: Viel Spaß. Und wenn du wiederkommst, machen wir's uns gemütlich.«

»Gemütlich! Ich will's nicht gemütlich, ich will was erleben!«

»Sollst du doch! Aber komm mal 'ne Woche mit mir mit: Leute erpressen, zusammenschlagen, bescheißen – da is 'n Gespräch übers Wetter wie's Paradies.«

»Soll ich dir was sagen? Du kotzt mich an! Und wie du schon so breitbeinig rumsitzt! Wie der letzte Macho!«

»Macho is 'n Wort für Leute, die Hunde haben, die Happy heißen, aber wie gesagt –«

»Halt's Maul! Was du nicht alles weißt! Aber weißt du auch, daß du nicht der einzige Mann auf der Welt bist?!«

Tja, und dann war's rundgegangen. Das neue italienische Geschirr, die Art-déco-Stehlampe, der Videorekorder samt Kassette mit NBA-Endspielaufzeichnung, die Fotos ihres letzten Florida-Urlaubs – zerrissen, zerschmettert, in Scherben. Die Möglichkeit, daß Jessica etwas mit einem anderen Mann anfangen könnte, und auch nur die Drohung damit, war für Harry bis zu diesem Abend völlig unvorstellbar gewesen. Bis dahin hatte ihre Liebe, oder jedenfalls Harrys Bild davon, etwas Königskindergleiches gehabt. Seitdem herrschten Verdacht und Andeutungen.

Harry lenkte den Jaguar in die kleine, kopfsteingepflasterte Straße, an deren Ende der Bungalow stand. Automatisch sah er sich nach Männern um. Er ließ den Wagen in der Einfahrt stehen und ging ins Haus. Im Keller spielte Musik. Harry warf einen Blick ins Wohnzimmer und wollte schon weiter zur Kellertreppe, als er die Luftmatratze neben der Couch sah und stehenblieb. Ein blaurotes, doppelbettgroßes, einen halben Meter dickes Monstrum. In der Mitte glitzerte golden das Chanel-Logo, an den Rändern hingen goldene und silberne Ketten und Troddeln. Harry runzelte die Stirn. Woher kam das? Wozu war das gut?

Im Keller waren Jessica und ihr schwuler Innenarchitekt dabei, Seidenstoffe zum Bemalen und Färben auszuwählen. Als Harry den Raum betrat, verstummten sie.

»Abend«, sagte Harry. »Zunge verschluckt?«

Der Innenarchitekt sah interessiert zu Boden. Jessicas Miene verhärtete sich.

»Wir sind dabei, das neue Wohnzimmer-Dekor zu entwerfen.«

Harry musterte seine Frau. Immer war sie schön! Beim Anblick ihres bleichen, feinen Gesichts inmitten der roten Hexenlocken ging ihm noch jedesmal das Herz auf. Selbst wenn sie sich bis aufs Messer stritten, gab es Momente, wo er dachte: Mein Gott, hab ich ein Glück mit dieser Frau! Doch inzwischen wußte er damit umzugehen.

»Fein. Gehört zum neuen Dekor auch die beschissene Luftmatratze im Wohnzimmer?«

Jessica ließ ihre Hände mit einer himmelblauen Seidenrolle sinken. »...Beschissen?«

»Jeder sagt, was er denkt, dann wissen alle, worum's geht. Woher kommt das Ding?«

»Ruttke hat sie uns geschenkt.«

Harry stutzte. »Ruttke hat uns eine Luftmatratze geschenkt?«

»Sprech ich undeutlich?«

»Ich habe Ruttke heute mittag gesehen. Er hat nichts von einem Geschenk gesagt.«

»Schon mal von 'ner Überraschung gehört?«

»Hat er sie vorbeigebracht?«

»Ja.«

»Heute nachmittag?«

»Ja.«

»Du antwortest so schnell wie schon lange nicht mehr.«

»Auf so dämliche Fragen...«

»Warum schenkt er uns 'ne Luftmatratze?«

Jessica stützte die Hand in die Hüfte. »Vielleicht wollte er uns 'ne Freude machen! Verstehst du?! FREUDE!«

Harrys Muskeln spannten sich: »...Warum 'ne Luftmatratze? Warum schenkt er sie, wenn ich nicht da bin?!«

»Mein Gott!« Jessica warf die Seidenrolle zu Boden und wandte sich an ihren Innenarchitekten. »Siehst du?! Er ist irre!« Und über die Schulter: »Hast du gehört?! Du bist irre!«

Harry wiederholte ruhig: »Warum, wenn ich nicht da bin?«

Jessica drehte sich langsam um, und ihre Augen blickten verächtlich: »Ruttke ist wie ein Vater zu dir! Du solltest froh sein, ihn zu haben! Gerade du! Er macht 'n Geschenk, und du denkst sonstwas!«

»Scheiß auf meinen Vater, was mich interessiert, ist meine Frau.«

»So?! Davon hätt ich aber was mitgekriegt!«

Harry sah kurz zur Seite, dann musterte er beide ungerührt und wandte sich an den Innenarchitekten: »Sag mal, Tantchen, bist du vielleicht gar nicht andersrum, sondern hast einfach nur 'ne Masche gefunden, um von sich selbst gelangweilte Weiber, die auf Bizarres stehen, rumzukriegen?«

Nach Abrauschen des Innenarchitekten, Wut, Streit und jeder Menge zerschlagener Einrichtung streckte Harry gegen zwei Uhr seine Beine über den Rand der Wohnzimmercouch. Vor ihm das Luftmatratzenmonstrum. Zum hundertsten Mal an diesem Abend fragte er sich, was es mit dem Scheißding auf sich hatte. Ruttke machte keine Geschenke, höchstens für irgendwelche Schönheitspreisträgerinnen im SUNRISE, die er flachlegen wollte. Im Laufe des Abends war herausgekommen, daß die Matratze einen Motor hatte, der innen drin eine Rolle auf und ab und hin und her bewegte, die zur Massage gut sein sollte. Für Harry hieß das, man konnte darauf bumsen, ohne sich zu bewegen. Jessica hatte das als die Idee eines Impotenten abgetan.

»Kann man darauf bumsen, ohne sich zu bewegen, oder nicht?!«

»Ich bin es zufällig gewohnt, daß sich der Kerl bewegt! Oder was man sich so als Gewöhnung erträumt!«

»Mich interessiert's rein technisch!«

»Rein technisch hast du recht! Rein technisch könnt ich's mir auch selbst machen, während du vorm Fernseher pennst!«

So oder so ähnlich war es den ganzen Abend gegangen. Harry sah von der Luftmatratze weg zur Decke. Das Komische war, daß Jessica ihn tagein, tagaus mit immer demselben Spott bombardierte, aber wenn er versuchte, zärtlich zu ihr zu sein, ließ sie ihn abblitzen. Lag es an seiner allgemeinen Verfassung? War er durch die Probleme bei der Arbeit einfach nicht mehr ... sexy? Der Streit hatte angefangen, weil er angeblich zu wenig mit ihr machte, und jetzt war schon jedes Wie geht's? zuviel. Lag's da nicht nahe zu glauben, sie habe alles nur inszeniert, um sich quasi schuldlos einen anderen zu nehmen? ... Wenn er etwas machen könnte, was ihn mit einem Schlag wieder in Position bringen würde! Einen Coup! Etwas, wofür er bewundert würde, was ihm Anerkennung und Ruhm einbrächte! Ruttke mochte Jessica. Jessica mochte Ruttke. – »So eine findest du so schnell nicht wieder...« – »Ruttke ist wie ein Vater zu dir ...« Harry glaubte nicht wirklich, daß Jessica ihn mit Ruttke betrog. Es war nur eine unter vielen Verdächtigungen. Eine besonders schmerzhafte, besonders vorwurfsvolle, wie man sie von sich schleudert, wenn man einen bestimmten Weg einmal eingeschlagen hat. Tatsächlich wünschte Harry sich nichts mehr, als beiden zu gefallen. Seinem Freund und Arbeitgeber und seiner Liebe fürs Leben! Ein für allemal! Ja, er mußte etwas finden, was ihn wieder in

Position brachte! Etwas, was Jessicas Augen, wenn sie ihn ansahen, wieder leuchten ließ!

Am nächsten Morgen im Büro sprach Harry Ruttke auf die Luftmatratze an.

»Spitze, was?! Nach unserem Gespräch dachte ich, so ein symbolisches Frühlingsgeschenk wäre nicht das Schlechteste, um euch ein bißchen aufzulockern. Ist bei Swimmingpool-Zubehör der letzte Schrei.« Ruttke beugte sich grinsend vor: »Man soll übrigens drauf bumsen können, ohne sich zu bewegen!«

»Hm-hm. Warum hast du mir nicht gesagt, daß du zu Jessica rausfährst?«

»Na, weil's 'ne Überraschung sein sollte! Hat sie dir das nicht erzählt?«

»Schon, aber –«

»Hab mir vorgestellt, du kommst abends nach Hause, legst dich drauf, schaltest den Motor ein und...« Ruttke machte eine eindeutige Geste. »...Ehrlich Harry, ich frag mich langsam ernsthaft, was mit dir los ist. Erst läßt du meinen Neffen draufgehen, dann schmeißt du Istvan gegen die Wand, und heute fragst du mich über 'n nett gemeintes Geschenk aus, als hätt ich dich vergiften wollen... Vielleicht solltest du mal 'n paar Tage Urlaub machen? Bißchen Florida. Zum Abkühlen.«

Natürlich nahm sich Harry keinen Urlaub. Istvan das Feld zu überlassen, und sei es auch nur für eine Woche, war zur Zeit ausgeschlossen.

Der Juni kam, und es regnete immer noch. Harry machte seine Arbeit, stritt sich mit Jessica und hoffte auf bessere

Zeiten. Es lief mehr schlecht als recht, aber es lief. Die Idee vom alles verändernden Coup war im Alltag bald vergessen.

Bis er erneut einen Fehler machte: Ein Journalist hatte ihn mit einer Geschichte über billig zu erwerbende ehemalige Stasigebäude überlistet und war in die Chefetage von Ammersfeld-International-Cooperation-and-Management vorgedrungen. Ehe der Schwindel aufflog, hatte der Journalist heimlich Fotos von sämtlichen Mitarbeitern machen können, die zwei Tage später samt einem reißerischen Artikel über die zwielichtigen Machenschaften eines mit dem Berliner Bürgermeister befreundeten Immobilienmaklers in einer Tageszeitung abgedruckt wurden. Die schwarzweißen, unscharfen Fotos wirkten wie aus einer Verbrecherkartei.

Ruttkes Anschiß war phänomenal. Das Gebrüll war bis ins Treppenhaus zu hören. Anschließend beurlaubte er Harry für die nächsten zwei Wochen und schmiß ihn aus dem Büro.

Über Mittag saß Harry in einem überdachten Gartenrestaurant, trank Tequilas und machte einen Plan. Zum Abendessen ging er mit Jessica ins Steakhouse. Sie redeten über Jessicas Mutter und anderes belangloses Zeug, und beide gaben sich Mühe, einen normalen Abend zu gestalten. Den Rausschmiß am Morgen verschwieg Harry. Als er die Rechnung bezahlt und aus Freude über Jessicas Friedfertigkeit ein fürstliches Trinkgeld gegeben hatte, sagte er unvermittelt: »Ich werde übrigens demnächst der einzige Chef vom Sicherheitsdienst sein!«

»So? Geht Istvan weg?«

»Wer weiß, vielleicht ...« Harry grinste verschmitzt.

»Jedenfalls bin ich dabei, eine große Sache vorzubereiten, und danach werde ich bei Ruttke wieder Nummer eins sein. Aber erzähl keinem davon. Auch nicht Ruttke. Es soll eine... eine Überraschung werden!«

Harry war von seinem Plan so begeistert und fühlte sich so stark, daß er in dieser Nacht hartnäckig blieb, und nach langer Zeit ließ Jessica ihn endlich wieder mal ran. Harry genoß es, auch wenn er zwischendurch das Gefühl hatte, Jessica sei mit den Gedanken woanders.

Als Jessica schon lange schlief, feilte er in Gedanken noch an seinem Plan. Die Idee war genial! Er würde ein Attentat auf Ruttke organisieren und ihn retten, und zwar in einem Bereich, für den Istvan zuständig war. Alles, was er dazu brauchte, war ein Dummer, der sich auf die Schnelle zwanzigtausend Mark verdienen wollte. Morgen würde er sich im Osten einen suchen.

Er küßte Jessica auf die Stirn und flüsterte: »Schlaf schön, mein Engel. Harry ist wieder da!«

Am nächsten Tag kaufte sich Harry einen falschen Schnurrbart, eine Brille mit Fensterglas, einen schäbigen grauen Anzug und mehrere Päckchen Reval. Da er normalerweise nicht rauchte, hielt er das für den besten Teil seiner Verkleidung. Dann mietete er sich einen weißen Golf und fuhr nach Ostberlin. Er verbrachte den Tag in kleinen, dunklen, versteckt gelegenen Kneipen, von denen er wußte, daß dort ehemalige Stasioffiziere verkehrten, trank Bier, rauchte Reval und lud deprimiert dreinschauende Männer zum Schnaps ein. Dreimal machte er sein Angebot: zwanzigtausend für einen Mord, Rückzug ohne Risiko. Dreimal wurde es zurückgewiesen. Als er abends nach Hause fuhr, dachte er: Kein Wunder, daß die DDR mit solchen Schlappschwänzen untergegangen war!

Doch er versuchte es wieder, und zwei Tage später sprach ihn an der Theke ein Mann an, der sich mit Ludwig vorstellte und sagte, er habe gehört, Harry suche jemanden für einen »Abriß«. Harry schlug ihm vor, frische Luft zu schnappen, und unter dem Dach einer Bushaltestelle erklärte er ihm die Einzelheiten. Der Mann wollte zwei Tage Bedenkzeit. Ende der Woche sagte er zu. Harry hinterlegte ihm die ersten zehntausend in einem Schließfach samt weiteren Anweisungen und brachte den Schlüssel zum vereinbarten Versteck. Es war abgemacht, sich nicht noch mal zu treffen.

Am Sonntag schien endlich mal wieder die Sonne, und Harry überredete Jessica zu einem Ausflug nach Potsdam. Sie besichtigten das Schloß, aßen zu Abend im Cäcilienhof, und Harry war den ganzen Tag so guter Laune, daß er Jessica schließlich damit ansteckte. Wieder zu Hause, saßen sie noch eine Weile bei Kerzenlicht und Cognac auf der Terrasse, sahen auf die für den Swimmingpool ausgehobene Grube im Garten und besprachen, welche Lichteffekte für den Pool in Frage kämen. Jessica war von der Idee eines in der Nacht blutrot leuchtenden Wassers fasziniert.

»Ach übrigens, du hast mir ja gar nicht gesagt, daß du seit einer Woche Urlaub hast.«

»Hast du mit Ruttke gesprochen?«

»Ja, er hat angerufen und gefragt, wie's dir ginge.«

»Und sonst?«

»Sonst nichts.«

»Naja, gegenüber dir nennt er's Urlaub. Ich bin an 'ner besonderen Sache dran.«

»Aha.« Und plötzlich lächelte sie ihn so zärtlich und vertraut an wie schon lange nicht mehr. »Scheint dir gutzutun, mal was anderes zu machen, Schatz.«

Harry hielt ergriffen inne. Über dem Cognacschwenker sah er ihre blauen Augen im Kerzenlicht glitzern. Wie er diese Frau liebte!

»Ja«, sagte er mit belegter Stimme. »Das tut mir gut.«

Zwei Wochen später war es soweit. Am Abend weihte Ruttke ein von ihm gespendetes Ferienhaus für krebskranke Kinder aus Tschernobyl ein und gab eine Grillparty, zu der die Tout Berlin kam. Das Haus lag am See, seit Tagen herrschten selbst nachts um die dreißig Grad, und viele der Gäste ließen im Laufe des Abends Cocktailkleider und Anzüge fallen und vergnügten sich im Wasser. Ruttke hielt vom Balkon eine kleine Rede, in der er zu Spenden aufrief, und der Bürgermeister beschrieb Ruttke anschließend als »Berliner Urgestein mit Schnauze und großem Herzen und einem grenzüberschreitenden sozialen Gewissen, das sich nicht mit Worten aufhält, sondern zupackend hilft, wo Hilfe nötig ist«. Das Haus wurde auf den Namen ›Seehaus Ammersfeld‹ getauft, und es gab lang anhaltenden Beifall. Danach spielte eine Band, und von Fernsehen und Bühne bekannte Schauspieler sangen Zwanziger-Jahre-Chansons.

Als die Musik anfing, nahm Ruttke seinen Platz an der am Seeufer plazierten Ehrentafel ein. Sicherheitstechnisch war der Abend genau durchorganisiert. Nicht zuletzt, weil noch vor zwei Tagen ein Fax aus Afghanistan reingekommen war, auf dem die Freiheitskämpfer drohten, ganz Berlin samt Ruttke in die Luft zu jagen, weil die kürzlich gelieferten Handgranaten nicht zündeten.

Istvan war für die rechte Uferseite bis hoch zur Straße zuständig. Harry für die linke. Während Ruttke am Tisch saß und aß, standen beide etwa fünf Meter von ihm entfernt, mit dem Rücken zum See, die Füße fast im Wasser, und beobachteten Leute und Terrain. Um elf sollte Ludwig auf dem rechten Dach des Hauses auftauchen und versuchen, Ruttke zu erschießen. Vom Dach, so hatte es Harry dem Killer wahrheitsgemäß beschrieben, konnte man wegen der Hanglage direkt in ein auf der Straße geparktes Cabrio springen und wegfahren. So weit sollte es natürlich nicht kommen.

Um Viertel vor elf nahm Harry unauffällig seine Pistole aus dem Schulterhalfter und schob sie in die Sakkoaußentasche. Um zehn vor entsicherte er sie. Mit einem Seitenblick stellte er fest, daß Istvans ganze Aufmerksamkeit einem eng umschlungenen Pärchen im Wasser galt. Um fünf vor sah Harry zum letzten Mal auf die Uhr. Er dachte an Jessica. Um zwölf wollte sie kommen. Sie würde einen Helden vorfinden! Einen Mann, der seinen Job beherrschte und Killer von den Dächern schoß, während andere versuchten, einen Blick auf nackte Titten im Wasser zu erhaschen! Ihren Mann! Ihren Harry! Ruttkes Retter! Ruttke, der wie ein Vater zu ihm war...

Und plötzlich fiel ihm die Luftmatratze wieder ein. Ein merkwürdiges Geschenk war's schon. Nachher, als Held, würde er Ruttke freundlich, aber bestimmt zur Rede stellen, ob das wirklich nur eine Überraschung gewesen war. Nachmittags mit Jessica alleine im Bungalow ... Überraschung vielleicht – aber für wen? Und worüber?

Harrys Blick war auf das Dach geheftet. Jeden Moment mußte Ludwig sich über dem Rand erheben und das Gewehr auf Ruttke richten. Harrys Hand an der Pistole schwitzte. Wo zum Teufel blieb der Blödmann?! Harry wagte es nicht, noch mal auf die Uhr zu schauen. Und dann passierte etwas Seltsames: Aus dem Augenwinkel sah Harry, wie Ruttke den Bürgermeister lachend unter den Tisch drückte.

Im selben Moment schlug es hart in Harrys Rücken ein. Drei Schüsse vom gegenüberliegenden Ufer, drei Treffer. Harrys Beine knickten ein, er fiel nach hinten und platschte in den See. Um ihn herum färbte sich das Wasser rot. Er versuchte noch zu begreifen, ließ es dann aber, weil er merkte, daß ihm keine Zeit mehr blieb, und das letzte, an das er denken wollte, war das feine bleiche Gesicht von Jessica, und daß sie nun tatsächlich seine Liebe fürs Leben gewesen war.

In der Nacht traf Istvan den Mann, der sich Ludwig genannt hatte, an einem verabredeten Ort und übergab ihm die zweiten zehntausend Mark.

Für Zeitungen und Öffentlichkeit war die Sache klar: Harry hatte ein Attentat auf André von Ammersfeld verhindert und dafür mit seinem Leben bezahlt. Keiner widersprach.

Die Beerdigung war Ende Juni, die Woche darauf trafen sich Ruttke und Jessica nachmittags im Park. Sie gingen spazieren. Die Sonne schien, und auf den Wiesen wurde Federball gespielt. Jessica trug ein kleines Schwarzes.

»...Was ich einfach nicht verstehe, ist, warum er dich umbringen lassen wollte?«

»Tja...« Ruttke zog an seiner Lord Extra. »Weißt du, was ich glaube? Wegen der Luftmatratze.«

»Wegen der Luftmatratze...?!«

»Er hat sich da irgendwas zusammengesponnen, von wegen, daß wir was miteinander hätten.«

»Aber das ist doch völliger Unsinn, ich meine, 'tschuldigung, aber...«

Jessica sah kurz und eindeutig an Ruttke herunter. Ruttke lachte.

»...Ich find's ja auch Unsinn. Aber er hat mich so komisch nach der Matratze gefragt und... Er war wirklich ziemlich durcheinander in letzter Zeit.«

»Mein Gott, wir hatten einen ganz normalen Krach! Kommt in den schönsten Lieben vor! Und wir waren ja schon auf dem besten Weg, uns wieder zu vertragen...«

Ruttke bemerkte den vorwurfsvollen Unterton.

»Meine liebe Jessica: Wir konnten nicht anders! Als du mich am Telefon gefragt hast, ob Istvan wirklich weggehen und Harry die Nummer eins werden würde, hab ich Harry, wie ich's bei jedem anderen auch gemacht hätte, beobachten lassen. Glaubst du nicht, ich bin vom Hocker gekippt, als ich gehört habe, er latscht im Osten durch die Kneipen und sucht 'n Killer für mich?! Da gab's nun mal kein Zurück. Hätte ich zu ihm gehen sollen und sagen: ›Lieber Harry, bring mich nicht um‹? Abgesehen davon wußte Harry alles über mich, und wenn er mich sogar umlegen wollte, hätte er auch nicht gezögert, irgendwann mit irgendwem über mich zu plaudern. Ein Mann mit der Stellung im Geschäft wie Harry ist entweder treu oder tot.«

»Aber du hättest doch wenigstens noch einmal mit ihm reden können!«

»Worüber? Daß der Welt ohne mich was fehlen wird?« Eine Weile spazierten sie stumm.

»...Und warum hast du ihn nicht einfach verschwinden lassen, anstatt ihn in aller Öffentlichkeit hinzurichten?«

»Ich muß schließlich Rücksicht auf die anderen Angestellten und die Stimmung im Betrieb nehmen. Viele hatten mitgekriegt, daß Harry in letzter Zeit unzufrieden war, und womöglich wäre jemand auf die Idee gekommen, wer bei Ammersfeld-International-Cooperation-and-Management unzufrieden wird, hat nicht mehr lange zu lachen. Selbst wenn was dran wäre, ich meine, mit solchen Vermutungen ist niemandem geholfen. So glauben alle, es hat ihn im Dienst erwischt. Und dabei habe ich nicht zuletzt auch an Harry gedacht: Die Leute werden ihn als Helden in Erinnerung behalten. Ob er sich dafür was kaufen kann... Naja. Dabei fällt mir ein: Harry wird dir bestimmt ein paar Sachen von der Arbeit erzählt haben... Ich hab mir gedacht, mit einer monatlichen Rente von sechstausend müßtest du gut über die Runden kommen. Jedenfalls gut genug, daß du dir nicht irgendeinen Scheiß ausdenkst...«

Später, als sie zum Ausgang des Parks gingen, fragte Ruttke: »Und sonst? Kommst du einigermaßen klar?«

»Ich versuch einfach, möglichst viel zu unternehmen, um gar nicht erst ins Grübeln zu kommen. Seit der Beerdigung schaut Istvan hin und wieder vorbei. Ich wußte ja gar nicht, daß er und Harry so dicke Freunde waren. Netter Kerl. Er geht mit mir tanzen und so… naja, um mich auf andere Gedanken zu bringen.«

Das Innere

Wie jeden Morgen war das Frühstück eine fast stumme Zusammenkunft. Warum seine Frau auf diesen täglichen Beweis für das Scheitern ihrer Ehe bestand, war Jürgen Schröder-von-Hagen nie ganz klargeworden. Sie waren seit vier Jahren verheiratet, schliefen seit zwei Jahren in getrennten Zimmern, und vor etwa einem Jahr hatte Elisabeth, nachdem Jürgen ein paar Tage, anstatt sich im Balkonzimmer pünktlich um acht an den gedeckten Tisch zu setzen, in eine Tschibo-Kaffeestube gegangen war, gesagt: »Wenn du noch einmal nicht zum Frühstück erscheinst, reiche ich die Scheidung ein.«

Wie meistens, wenn sie mit ihm sprach, war ihr Ton kühl und beherrscht gewesen, und es bestand kein Zweifel, daß sie ihre Drohung wahr machen würde, obwohl sie eine Scheidung mehr scheute als er. Ihre Familie, deren Ruf und Name standen dagegen. Sie war eine von Hagen, und sämtliche von Hagens nahmen ihre adelige Herkunft so wichtig, wie man sie in den neunziger Jahren noch nehmen konnte, ohne irgendwo eingeliefert zu werden. Scheidungen wurden, soweit möglich, vermieden. Dabei war es für alle Verwandten ein offenes Geheimnis, daß sich Elisabeths Wahl eines mittelmäßig begabten Studenten russischer Sprache und Literatur als das herausgestellt hatte, was allgemein erwartet worden war: als Fiasko. Gegen große Widerstände hatte sie Jürgen Schröder in einer Zeit geheiratet, in der sie, damals noch Jurastudentin, gegen Formen, Pflichten und Dünkel der von Hagens aufbegehrte und ein sogenanntes eigenes Leben leben wollte. Die Zeit verging, und nach Hochzeit und Studium – und mit Eintritt in eine Welt ohne Vorlesungsräume und Kantinen, dafür mit Büros in stuckverzierten Altbauten und Abendgesellschaften auf Penthouse-Terrassen – besann sie sich auf ihre Herkunft und lernte den damit verbundenen Status zu schätzen. Was blieb, war ein für ihren neuen Bekanntenkreis völlig unpassender Ehemann.

»Heute abend kommt mein Bruder zum Essen.« Elisabeths Blick blieb ausdruckslos auf ihren Mann gerichtet, während sie Zucker in ihren Kaffee rührte und die Tasse zum Mund hob.

»Ach so«, sagte Jürgen und verbesserte sich im selben Moment. »Ich meine: Soso«, denn daß ihr Bruder zum Essen kommen würde, war ja keine Antwort auf irgendeine Frage, die er sich gestellt hatte. In den Jahren mit Elisabeth hatte Jürgen gelernt, oder lernen müssen, seine Worte genau zu wählen. Selbst bei kleinen Verfehlungen wurde er von ihr zurechtgewiesen wie ein Schuljunge.

»Ich wollte heute ohnehin länger arbeiten.« Jürgen versuchte ein versöhnliches Lächeln. Daß Elisabeths Bruder zum Essen kam, hieß, daß Jürgen zu verschwinden hatte. Für den Bruder, einen reichen Immobilienmakler und braungebrannten High-Society-Playboy, war Jürgen nicht viel mehr als irgendein Ungeziefer, und wie manche Kinder Spaß daran haben, Fliegen die Flügel auszureißen, genoß er es, Jürgen im Beisein Elisabeths zu quälen (und quälte damit natürlich noch viel mehr seine Schwester). Er erkundigte sich nach dem Befinden »unseres kleinen Erbschleichers«, dachte laut darüber nach, ob die Kenntnis russischer Sprache und Literatur eine Familie ernähren könne, und fragte in Anspielung auf Jürgens hübsches, etwas blasses Äußeres, wie es denn überhaupt mit der Familienplanung stehe, ob Jürgens Kraft für Nachwuchs nicht reiche, oder ob Frauen ihm womöglich nur das zweitliebste Geschlecht seien?

Elisabeth zündete sich eine Zigarette an, blies den Rauch aus und sah ihm nach, wie er zum Fenster zog.

»Warum bist du nur so eine Flasche!«

Jürgen sah erschrocken auf. Normalerweise beließ Elisabeth es bei Anspielungen oder vielsagender Stille, so direkt attackierte sie ihn selten, schon gar nicht beim Frühstück. Das Frühstück, hatte sie ihm gleich am Anfang ihrer Beziehung gesagt, sei ihr als Moment der Ruhe und Vorbereitung auf den Tag heilig, und solange man am Tisch säße, bestehe sie auf der Illusion, die Welt sei nach acht Stunden Schlaf wieder in Ordnung.

»Aber Elisabeth…! So war es doch verabredet. Du selbst hast gesagt, wenn dein Bruder kommt, soll ich…«

»Ja, ja!« unterbrach sie ihn, ohne vom Fenster wegzusehen. Die Sonne schien, und es versprach ein warmer Frühlingstag zu werden. An der Universität war Jürgen ihr aufgefallen, weil er aussah wie Montgomery Clift, und als sie ihn kennenlernte, hatte sein Werdegang vom Sohn eines Dorfmetzgers zum belesenen Studenten in einer großen Stadt sie fasziniert – daß man von einer sozialen Schicht zur anderen auf- oder absteigen konnte, war ihr damals noch ziemlich ungewöhnlich vorgekommen. Außerdem hatte der Gedanke, mit einem Metzgersohn im Bett zu liegen, für Elisabeth seine Reize gehabt, so wie Jürgen, auch wenn er es vor sich selber leugnete, nie nur mit der Frau, die er liebte, geschlafen hatte, sondern immer auch mit einer von Hagen.

Jürgen starrte auf den Teller vor sich. Nach einer Weile hob er den Kopf und fragte: »Warum fahren wir nicht mal wieder ein paar Tage nach Prag, so wie früher?«

Elisabeth reagierte nicht.

»...Um miteinander zu sprechen. In Ruhe. Uns wieder kennenzulernen. Zwischen Arbeit und anderen Verpflichtungen bekommen wir doch gar nichts mehr voneinander mit.« Er sah sie erwartungsvoll an. Schließlich überwand er sich zu Sätzen, die er sich in der Stille der letzten Monate oft zurechtgelegt hatte: »...Nach außen wirke ich vielleicht wie ein Feigling, der nichts auf die Beine kriegt, aber was weißt du von meinen Gedanken, Gefühlen, Träumen? Und sind die nicht wichtiger als die Frage, ob ich nun bald meinen Abschluß an der Universität mache, oder als mein Verhalten gegenüber deinem Großkotz von Bruder? Natürlich könnte ich darauf bestehen, mit euch am Tisch zu sitzen, und uns allen einen unangenehmen Abend bereiten, aber wozu? Der Mensch besteht doch aus mehr als einer öffentlich handelnden Hülle. Das darin verborgene Innere macht ihn ja erst zum Menschen. Aber um dieses Innere beim anderen zu sehen und zu verstehen, muß man sich Zeit nehmen.«

Während Jürgens Rede hatte Elisabeth sich nur bewegt, um die Zigarette in den Aschenbecher zu drücken. Sie sah nach wie vor zum Fenster hinaus, und nichts ließ darauf schließen, daß sie ihm zugehört hätte.

Behutsam rückte Jürgen seinen Stuhl vom Tisch ab und stand auf.

»Überleg es wenigstens. Von mir aus könnten wir schon nächstes Wochenende fahren.« Einen Moment blieb er unschlüssig stehen, dann fügte er lächelnd hinzu: »Wenn wir rechtzeitig anrufen, bekommen wir vielleicht wieder unser Zimmer mit Blick auf die Brücke. Weißt du noch? Unser Schwalbennest.«

Auf dem Weg zur Universität machte Jürgen bei der Bank halt. Er hatte sein eigenes Konto mit seinen eigenen plus minus fünfhundert Mark drauf. Zwar bezahlte Elisabeth das gemeinsame Essen, das gemeinsame Auto und die Miete für die Wohnung, aber für Stifte und Kantinenkaffee kam er selber auf. Das bewahrte ihm ein Gefühl von Unabhängigkeit. Mußte er Elisabeth trotzdem um Geld bitten, bestand er darauf, es zu *leihen*.

Während er in der Schlange am Schalter wartete, stellte er sich vor, wie er mit Elisabeth Arm in Arm durch die Prager Altstadt spazierenginge, wie sie auf Parkbänken säßen, wieder miteinander redeten und lachten, und wie er ihr abends im Restaurant eröffnen würde, daß sein Studium sich nur deshalb so hinzöge, weil er nebenbei einen Roman schreibe. Seit drei Jahren arbeitete er daran, ohne jemandem davon zu erzählen. Erst nur als Überraschung, ähnlich einem selbstkomponierten Geburtstagslied, für Elisabeth und einige Freunde gedacht, war der Roman mehr und mehr zu Jürgens Lebensinhalt geworden. Inzwischen war er überzeugt, daß er damit nicht nur ein rauschendes Comeback als Elisabeths Mann und Mentor feiern, sondern sich darüber hinaus einen Namen in der Literaturwelt machen würde.

›Einen Roman!‹ würde Elisabeth ausrufen, wie damals, als er ihr gesagt hatte, er habe während seines Studienaufenthalts in Moskau in einer Rock-’n’-Roll-Band gespielt.

›In einer Rock-’n’-Roll-Band?! In Moskau?! Ist ja toll!‹

Zu der Zeit hatte Elisabeth noch flache Schuhe, Kniestrümpfe und karierte Röcke getragen und damit in der Kantine regelmäßig für Gelächter gesorgt. Frisch vom Schweizer Nobelinternat, bewegte sie sich durch die Universität wie ein parfümiertes Schaf. Wurden in ihrem Beisein ein paar Bier getrunken, runzelte sie die Stirn, als habe sie es mit Drogenabhängigen zu tun, und zum Trampen sagte sie Autostopp mit einem Gesichtsausdruck, als sei das eine merkwürdige sexuelle Neigung.

Jürgen, mit dem Rucksack weit gereist und mit der Erfahrung jedes jungen Menschen, der mit wenig Geld auskommen muß, war sich ihr gegenüber vorgekommen wie ein Messias des wirklichen Lebens. Schlechtbezahlte Jobs, billige Unterkünfte, Wohngemeinschaftsfraß – in Elisabeths Gegenwart verwandelte sich sein Alltag in eine Art schmutzige Heldensaga. Natürlich nur gerade so schmutzig, daß Elisabeth nicht davonrannte. Jürgen trank und rauchte nicht, saß die meiste Zeit über Büchern oder übte Gitarre und war früher am Wochenende am liebsten zum Wandern aufs Land gefahren.

Ja, früher! Wie sehr hatte Elisabeth seine bescheidene Lebensführung bewundert! Sein Desinteresse an allem Materiellen, seine Suche nach Echtheit und Wahrheit bei den

Menschen, seine Ablehnung jeder Oberflächlichkeit! Und heute? »Flasche!« Was war geschehen?

Die Tür zur Straße ging auf, und Jürgen registrierte ein seltsames Männchen mit Perücke.

»Bitte!« sagte die Frau hinterm Schalter. Jürgen trat vor und schob sein Auszahlungsformular über den Tresen.

»Wie hätten Sie's gerne?«

»In Fünfzigern, bitte.«

…Damals hatte Elisabeth sein Sein geliebt, heute verlangte sie einen äußeren Schein, wie ihn ihre Anwaltsfreunde pflegten. Dabei mußte sie doch wissen, daß gerade er das Scheinen, welcher Art auch immer, zutiefst ablehnte! Er war er! Oder versuchte wenigstens, es zu sein.

Gedämpftes Licht, eine Flasche Wein, ihre Hände, die sich berühren. *Es ist nämlich so: Eigentlich schreibe ich einen Roman. Ich bin fast fertig. – Einen Roman?! Warum hast du mir das nie erzählt?!* Später, im Hotelzimmer, würde er ihr das Manuskript geben, und sie würde die ganze Nacht lesen, und…

»Bitte.« Die Frau hinterm Schalter legte ihm das Geld hin. …Und am Morgen würde er aufwachen, und Elisabeth säße am Fenster in der Sonne und…

Plötzlich tönte es hinter Jürgens Rücken: »Hände hoch und keine Bewegung!«

Wie alle anderen im Raum hielt er irritiert inne. Langsam wandte er den Kopf. Das seltsame Männchen, das eben hereingekommen war, stand neben der Tür und hielt eine Pistole in die Runde.

»Alle auf den Boden!« befahl es, doch die meisten waren über sein Aussehen zu verdutzt, um sofort zu gehorchen.

Was sich da vor ihnen als Bankräuber gebärdete, trug einen braun glitzernden Anzug mit seidenem Einstecktüchlein, spitze Lacklederschuhe mit goldenen Schnallen, eine breite, gelbrosa gemusterte Krawatte – und die Sonnenbräune im Gesicht kam offensichtlich aus der Tube. Die Augen waren hinter einer riesigen Sonnenbrille verborgen, wie sie Filmstars in den Siebzigern getragen hatten, und die rotbraunen Locken der Perücke hingen bis auf die Schultern.

Das Männchen wiederholte schreiend: »Runter, aber dalli!« und stieß mit der Pistole vor sich in die Luft. Immer noch schauten einige ungläubig, doch schließlich ging auch der letzte zu Boden.

Das Männchen stieg über Beine hinweg zum Schalter und schob der Frau dahinter eine Tasche zu.

»Tut mir leid«, sagte die Frau, um eine ruhige Stimme bemüht, »aber wir kommen an größere Barbeträge nicht ran, da ist ein Zeitschloß davor.« Und fast flehend fügte sie hinzu: »Das müssen Sie doch wissen!«

»Zeitschloß?« Das Männchen runzelte die Stirn. »Was ist das?«

»Ein Mechanismus, der verhindert, daß mehr als soundso viel Geld während einer Stunde ausgezahlt werden kann.«

»Und wieviel kann ausgezahlt werden?«

Doch ehe die Frau zu einer Antwort kam, wurden Polizeisirenen laut, und kurz darauf quietschten Autoreifen auf der Straße.

»Dumme Fotze!« zischte das Männchen, und hatten eben noch manche der am Boden Liegenden fast Mitleid mit dem naiven Bankräuber gehabt, machte sich jetzt schlagartig Angst vor seiner möglichen Panik breit.

Die Frau hinterm Schalter hob abwehrend die Arme. »Ich habe den Knopf nicht gedrückt!« Tatsächlich hatte einer ihrer Kollegen den Alarm ausgelöst.

Das Männchen sah sich hastig um, bückte sich dann über Jürgen, den Jüngsten im Raum, und hielt ihm die Pistole an den Kopf.

»Du kannst sicher nicht Auto fahren, oder?«

In der instinktiven Annahme, damit als Geisel nicht in Frage zu kommen, antwortete Jürgen: »Doch!«

Das Männchen schnaubte gehässig. »Dann bist du mein Typ, Trottel!«

Die Verhandlungen mit der Polizei zogen sich bis zum Abend hin. Nach und nach ließ das Männchen sämtliche Bankangestellten und Kunden bis auf Jürgen frei. Als Gegenleistung wurden Essen, Getränke und Zigaretten in die Bank gebracht, und vor die Tür stellte man einen vollgetankten Mercedes. Bisher unerfüllt blieb die Forderung nach einer halben Million im Kofferraum.

Jürgens Füße waren mit Handschellen an ein im Boden verankertes Tischbein gefesselt. Der Rücken tat ihm weh, und immer wieder rutschte er auf der Suche nach einer bequemeren Position auf seinem Stuhl hin und her. Zum zigsten Mal hörte er das Männchen ins Telefon sagen: »Ohne das Geld fahre ich nicht! Und wenn ich noch lange warten muß, knall ich ihn ab und mich auch, mir ist das scheißegal!« Schon seit einer Weile hatte das Männchen die Brille abgelegt, und unter der verrutschten Perücke schauten kräftige schwarze Haare hervor. In regelmäßigen Abständen zog es eine kleine Dose aus der Tasche und schluckte Pillen.

Vor Angst und daraus entstehender Atemnot hatte Jürgen die ersten Stunden nach Eintreffen der Polizei keinen klaren Gedanken fassen können. Seine ganze Konzentration galt dem gleichmäßigen Füllen der Lungen mit Luft, und alles um ihn herum geschah wie hinter verschwommenen Scheiben. Anschließend, als die Gefahr, in Ohnmacht zu fallen, gebannt schien, quälte er sich mit Vorwürfen, auf die Frage, ob er Auto fahren könne, so idiotisch geantwortet zu haben. Gleichzeitig spukten ihm Zeitungsartikel und Fernsehberichte über durchdrehende Geiselnehmer durch den Kopf. Seit seiner Jugend beschäftigten und bedrängten ihn Gedanken an den Tod, doch hatten sie sich im Grunde immer um ein großes und fernes Ereignis gedreht, das zwar unausweichlich auf ihn zukam, aber im täglichen Weitermachen unwirklich blieb. Zum ersten Mal hatte man eine Pistole auf ihn gerichtet, und das ›große Ereignis‹ war so schnell und banal vor ihm aufgetaucht wie ein Nachbar im Treppenhaus. Erst als es draußen schon dämmerte, gelang es ihm, die Angst hin und wieder zu verdrängen. Er suchte nach Fluchtmöglichkeiten, verfolgte die Verhandlungen mit der Polizei und beobachtete das Männchen. Schon seit einer Weile war ihm klar, daß sich hinter der Verkleidung vom lächerlichen Alten ein junger Mensch verbarg. Die Bewegungen des Bankräubers waren kraftvoll und gelenkig, und dort, wo die Schminke im Gesicht zerlief, kam faltenlose Haut mit Teenager-Akne zum Vorschein.

Der Bankräuber knallte den Hörer auf die Gabel. »Arschlöcher!«

Jürgen wandte schnell den Blick ab. Der Bankräuber schluckte erneut Pillen, dann ging er zum Schaltertresen, wo

Kartons mit Sandwiches, Schokolade, Fruchtsäften, Filter-
zigaretten und Champagner standen. Er nahm eine Flasche
Moët & Chandon, drehte den Drahtverschluß auf, zielte und
ließ den Korken gegen eine Luftaufnahme der Dresdner
Oper knallen. Mit der Flasche und zwei Pappbechern setzte
er sich zu Jürgen an den Tisch.

»Wie geht's denn so?« fragte er, während er die Becher
vollschenkte.

Jürgen sah auf. Was sollte er darauf antworten?

»Mach dir keine Sorgen, noch ist alles möglich!«

›Beruhigend‹, dachte Jürgen. Dann hob der Bankräuber
einen Becher und wollte offenbar mit ihm anstoßen. Das war
doch wohl nicht sein Ernst?! Und auf einmal verwandel-
ten sich Jürgens Angst und Verzweiflung der letzten Stunden in wütenden Haß. Was fiel diesem albernen Schwein
ein?! Warum tat er so unbekümmert und redete, als säßen
sie in der Kneipe?! Und warum guckte er ihn so komisch
an?! Aus großen, grünen, wimpernverhangenen Augen! Ja,
diese Augen! Schon ein paarmal, seit der Bankräuber die
Sonnenbrille abgenommen hatte, war es Jürgen durch den
Kopf gegangen, wie unpassend so schöne Augen in der
Fresse eines kaltblütigen Geiselnehmers waren. Und jetzt
schauten diese Augen – Jürgen faßte es nicht – auch noch
freundlich, fast unsicher…?! Sollte er denn für völlig dumm
verkauft werden?!

Gerade wollte Jürgen dem Impuls nachgeben, den ihm
zugeschobenen Becher wegzuschlagen und irgendwas zu
brüllen, als er plötzlich innehielt… Ja, die Augen schauten
unsicher. Und vom Haaransatz perlte Schweiß über die ge-
schminkte Stirn.

»Na los!« forderte ihn der Bankräuber auf. Seine Stimme war hoch, fast wie die eines Mädchens. Und hinter der rotzigen Art verbarg sich ... Jürgen stutzte. War das möglich ...? Aber natürlich! Jetzt sah er es ganz deutlich.

Langsam griff Jürgen nach seinem Becher und stieß mit dem Bankräuber an.

»Was glotzt 'n so?«

Jürgen überlegte: War es für ihn besser, wenn sein Gegenüber weiterhin glaubte, er habe dessen Verkleidung nicht durchschaut, oder würde die Wahrheit irgendeine Beziehung zwischen ihnen schaffen, die einen Mord nicht mehr zuließe? Er sah nach der Pistole. Sie steckte im Gürtel.

»Hör mal, bis die sich dazu durchringen, mein Geld in die Karre zu schmeißen, werden wir hier noch 'ne Weile miteinander sitzen. Und wenn wir dabei was quatschen könnten, würd's die Sache nicht langweiliger machen.«

»Ihr Geld?« entfuhr es Jürgen.

»Na, deins vielleicht?«

Jürgen seufzte lautlos. Seine Entdeckung hatte ihm so viel Auftrieb gegeben, und die flapsige Antwort ärgerte ihn so sehr, daß er, ohne weiter darüber nachzudenken, sagte: »Geld von Steuerzahlern. Und Steuerzahlerinnen!« fügte er hinzu und fixierte die grünen Augen. »...Wozu Sie gehören würden, falls Sie arbeiten gingen!« Er kam sich klug vor.

Für einen Moment war nur das Summen der Deckenlampen zu hören. Die Augen der Bankräuberin wurden schmal.

»...*Wozu* würde ich gehören?« kam es fast flüsternd.

»Zu den Steuerzahlerinnen!« wiederholte Jürgen triumphierend, als gäbe es weder Handschellen und Pistole noch Geiselnahme.

»Ach was!« rief die Bankräuberin, sprang auf, zog die Pistole, beugte sich über den Tisch und drückte Jürgen den Lauf auf die Stirn. In ihren Augen war nichts mehr von Unsicherheit oder Wärme. »Und was macht das für 'n Unterschied?! Ist das 'n Grund, sich auf einmal die Eier zu krauen?! Das Ding schießt auch mit meinem Zeigefinger!«

Vor Schreck machte sich Jürgen in die Hose.

»Was heißt das, Sie können um diese Uhrzeit nicht so viel Bargeld auftreiben?! So 'n Schwachsinn!... Ja, Hunderter und Fünfziger, na und?... Wieso schwierig?... Hören Sie, lange mache ich das nicht mehr mit! Und das wird 'ne sauschlechte Presse für Sie geben, weil der Typ, den ich hier habe, nämlich 'n Hübscher ist, und 'n Kluger und Tapferer, wo alle Welt sagen wird: Ach Gott, warum ausgerechnet der! Und nur wegen 'ner läppischen halben Million!... Hören Sie auf! Hab Ihnen schon mal gesagt, ich bin mir wurscht! Wenn's ginge, würd ich mich zweimal abknallen! Für mich ist das hier nur so 'ne Art letzte Party, bei der sich entscheidet, ob ich die ganze Scheiße noch länger ertragen kann oder nicht!... Ob ich über meine Probleme mal mit jemandem geredet hätte?! Bulle, du hast 'n Rad ab!... Wenn Sie mir helfen wollen, dann treiben Sie das Geld auf, und zwar fix! Ich fang jetzt nämlich an, mich zu besaufen, und wenn ich merke, daß ich einschlafe, mach ich Schluß. ...Zwei Stunden? Wenn's dabei bleibt, okay. Ich vertrag was. Aber wenn Sie in zwei Stunden noch mal anrufen und mit Geschwätz kommen, knallt's!«

Die Bankräuberin legte auf und wandte sich zu Jürgen, der in seinem Urin saß und vor sich auf den Boden starrte.

»Haste gehört? Tapfer biste!«

Sie hatte die Perücke abgelegt und die Schminke weggewischt. Aus ihrem übermüdeten, graublassen Gesicht leuchteten Akne und blutverkrustete Schrammen. Doch unter der zerstörten Oberfläche war ihr Gesicht weich, mit Resten von Babyspeck, und selbst wenn sie die Gangsterin mimte, und dann um so offensichtlicher, behielt sie den Blick eines Kindes: neugierig, unschuldig, frech, traurig. Nahm man nur ihre Augen und ihr seltenes Lächeln, war sie beinahe schön. Sie konnte kaum älter als achtzehn sein.

Sie schenkte sich Champagner nach, riß eine Packung Zigaretten auf, steckte sich eine an und setzte sich vor Jürgen auf die Tischkante. »Mann, stinkst du!«

Jürgen hob den Kopf. Er hatte geweint und sah erbärmlich aus. »Wenn ich kurz zum Waschbecken dürfte...«

»Um dann auf mich loszugehen? So dämlich wärst du doch!«

»Bestimmt nicht! Ich schwöre Ihnen, ich... Ich werde Sie ab jetzt unterstützen. Ich meine, ich kann wirklich gut Auto fahren, und wenn Ihr Geld da ist, bringe ich Sie, wohin Sie wollen.« Er brach ab, zögerte. »...Aber vorher... So kann ich doch nicht rumlaufen...«

Die Bankräuberin betrachtete ihn nachdenklich. Dann leerte sie den Becher in einem Zug, warf ihn hinter sich, sprang vom Tisch, trat die Zigarette aus, zog die Pistole und schloß Jürgens Handschellen auf. In der Personaltoilette lehnte sie sich gegen die Tür und sah Jürgen beim Ausziehen zu.

»Süßen Arsch haste.«

»Ähm... danke.«

Jürgen wußte nicht, was stärker war: die Angst oder die Peinlichkeit. Halbnackt stand er am Waschbecken und spülte seine Hose aus.

»Hast du 'ne Freundin?«

»...Ja – das heißt... nicht wirklich. Ich bin verheiratet...«

»Aber?«

»Was, aber?«

»Klang so nach Aber.«

»So...«

Jürgen drehte das Wasser ab und wrang die Hose aus. Das hatte gerade noch gefehlt: daß er sich mit diesem durchgedrehten Kind über seine Eheprobleme unterhielt! Andererseits spürte er, wie beim Reden, egal, über was, die Situation für ihn an Bedrohung verlor.

Als Jürgen die nasse Hose anziehen wollte, sagte die Bankräuberin: »Bist du verrückt? Willste krank werden?«

Kurz darauf saß Jürgen wieder an das Tischbein gefesselt, während die Hose auf der Heizung trocknete. Um seine Hüften hatte er ein Handtuch gebunden.

Die Bankräuberin schluckte Pillen und linste durch einen Rolladenspalt hinaus auf die Straße. Immer noch kreisten Blaulichter, Neugierige standen hinter der Absperrung, Polizisten lehnten gegen Autos und rauchten.

Die Bankräuberin hatte das Jackett ausgezogen, und Jürgen versuchte, durch ihr zerknittertes Herrenhemd die Form ihres Busens zu erahnen. Ihr Körper war klein und kräftig, wie das Gesicht mit Resten von Babyspeck. Jürgen dachte an das Zwinkern und das kecke »Schade eigentlich«, mit dem sie ihm das Handtuch zugeworfen hatte. Inzwischen war er überzeugt, daß sie eins der Straßenkinder war, die am Bahnhof rumlungerten, Schnaps soffen und bettelten. Ob sie auf den Strich ging? Die Pillen, die sie dauernd schluckte, waren jedenfalls sicher nicht gegen Husten und bestimmt nicht billig.

Jürgen zupfte sein Handtuch gerade.

»Darf ich Sie etwas fragen?«

Die Bankräuberin nickte, ohne den Blick von der Straße zu nehmen. »Klar.«

»Sie sind noch sehr jung…«, begann er, hielt aber sofort inne und suchte nach Worten, die ihren Altersunterschied weniger deutlich machten.

»War das die Frage?«

»Ich meine, in deinem Alter macht man doch noch keine Banküberfälle.« Er kam sich wie achtzig vor. Wenigstens hatte er sie geduzt.

»Gibt's da 'ne Begrenzung? Banküberfälle erst ab dreißig?« Spöttisch lächelnd wandte sie sich ihm zu. »Um die Kohle erst zu haben, wenn man eh bald in Rente geht?«

»Mit dreißig geht man doch nicht in Rente!«

Jürgen schaute die Bankräuberin irritiert an. Warum lachte sie? Hatte er empört geklungen? Wegen der Dreißig?

»…Die ganze Fragestellung ist doch idiotisch. Natürlich macht man Banküberfälle in gar keinem Alter, aber wenn, dann doch wenigstens nicht so früh, daß man sich sein Leben schon versaut, ehe es richtig angefangen hat.«

Die Bankräuberin legte die Hände ineinander, beugte

den Kopf vor und lächelte wie eine Fernsehshowmasterin, die von einem Kandidaten die Antwort auf die Preisfrage erwartet. »Wann fängt ein Leben denn richtig an?«

Fordernd und ironisch sah sie Jürgen in die Augen. Er wich ihrem Blick aus, tat, als fehlten ihm gegenüber so viel Naivität die Worte. Tatsächlich spürte er, daß er das Gespräch nicht in den Griff bekam. Er wollte nicht den belehrenden Alten abgeben, sondern den helfenden Kumpel. Sie sollte ihn nicht als Fremden sehen. Dabei verwirrte ihn, wie wenig Haß sie in sich zu tragen schien. Eine von der Welt enttäuschte, rebellierende Jugendliche hätte er verstehen können, doch wie näherte man sich einer Achtzehnjährigen, die so tat, als sei ihr bis aufs Geld alles egal, und ihn behandelte wie eine nette, aber – abgesehen von seiner Rolle als Geisel – unbedeutende Parkbank-Bekanntschaft?... Naja, vielleicht nicht ganz so unbedeutend.

»...Weiß ich auch nicht genau«, sagte Jürgen. »Aber ich denke, es hängt damit zusammen, wieviel man gesehen und begriffen hat, um auswählen zu können, was man will und was nicht.«

Die Bankräuberin zuckte verächtlich die Schultern. »Und was siehste mit fünf Mark in der Tasche? Und was begreifste, wenn du Mülleimer nach Pfandflaschen durchsuchst?«

Beinahe wäre Jürgen damit rausgeplatzt, daß auch er nur Metzgersohn sei und sich alles habe erkämpfen müssen, doch eine Art Schamgefühl hielt ihn davon ab, mit einem Straßenkind um die schlechtere Herkunft zu buhlen. Nebenbei huschte ihm der Gedanke durch den Kopf, seine Heirat mit Elisabeth sei in diesem Zusammenhang einem Banküberfall vielleicht nicht ganz unähnlich.

»Glaubst du denn wirklich, mit dem Überfall durchzukommen? Wenn nämlich nicht, sind fünf Mark und die Möglichkeit, frei herumzulaufen, vergleichsweise herrlich.«

»Herrlich!« Die Bankräuberin lachte auf. »Na, von mir aus. Aber so herrlich hatt ich's nun schon 'ne Weile, und wie gesagt: Wenn ich das Geld nicht kriege, isses vorbei mit ›vergleichsweise‹.«

»Das ist doch nicht dein Ernst!« Jürgen setzte sich, so gut das mit einem Handtuch um die Hüften und gefesselten Füßen ging, im Stuhl auf und sagte beschwörend: »So wie du redest und lachst, wie dir der Champagner schmeckt, und bei der Mühe, die du dir mit deiner Verkleidung gegeben hast! So verhält sich doch keiner, der sterben will!«

Die Bankräuberin sah ihn einen Moment überrascht an, dann bewegte sie den Kopf, als verscheuche sie irgendwelche Gedanken, und plötzlich grinste sie. »Nicht schlecht, die Verkleidung, hm? Hab ich 'ner alten Schwuchtel geklaut, die hinter Benny hergewesen war.«

Jürgen wartete, ob sie noch mehr sagen würde, doch die Bankräuberin wandte sich ab, ging zum Schaltertresen und riß eine neue Packung Zigaretten auf. Von jeder Packung rauchte sie höchstens zwei oder drei, und im ganzen Schalterraum verteilt lagen offene, fast volle Winston-Schachteln.

Nach einer Weile fragte Jürgen: »Wer ist Benny?« und hoffte, wenn er jetzt behutsam genug vorginge, die gleichgültige Fassade des Mädchens zum Bröckeln zu bringen. Doch es antwortete nicht. Jürgen sah auf den ihm zugewandten Hinterkopf und den darüber schwebenden Rauch. *War* die Schwuchtel hinter Benny *hergewesen,* weil sie es jetzt nicht mehr war, oder weil Benny nicht mehr war? Ihre große Liebe? Vielleicht ging es ihr gar nicht ums Geld, sondern ums Sterben…?

Jürgen nahm einen Schluck aus dem Pappbecher, dann noch einen, trank ihn leer und schenkte sich nach. Plötzlich ertappte er sich bei der Vorstellung, wie er, anstatt mit Elisabeth, mit der Bankräuberin im Prager Hotelbett läge. Verwirrt stieß er den Becher um, und Champagner lief über seine Beine.

»Weißt du, was 'ne gute Geiselnahme wär?«

Jürgen sah von dem Versuch auf, sich mit dem Handtuch die klebrige Flüssigkeit abzuwischen, ohne seinen Hintern zu entblößen.

»Nein. Was?«

Die Bankräuberin drehte sich um. »Wenn die Geisel mitmachen würde. Wenn sie auch weg wollte. Kapiert? Dann müßte der Geiselnehmer nicht mehr auf sie aufpassen, und sie wärn zu zweit. Die Polizei würde weiter glauben, es wär 'ne richtige Geiselnahme, und beide gehn lassen. Das Geld würden sie sich natürlich teilen.«

Jürgen brauchte einen Augenblick, um zu begreifen, dann starrte er sie entgeistert an. Wollte sie ihn auf den Arm nehmen? Oder hatte er es tatsächlich geschafft, ihr Vertrauen zu gewinnen? Und was dann? Um Himmels willen! Jetzt lächelte sie. Jürgen war es nicht gewohnt zu trinken, und der Champagner schoß ihm geradewegs ins Hirn. Unter dem Blick der Bankräuberin wurde er rot. Schnell sah er zu Boden.

Er räusperte sich. Mit belegter Stimme fragte er: »Wohin willst du eigentlich?«

»Irgendwohin, wo die Sonne scheint.« Dann betrachtete

sie ihn einen Moment nachdenklich, bis sie listig ein Auge zukniff. »Du denkst, du kannst mir hier was vormachen, hm?«

Jürgen sah auf und schüttelte den Kopf. »Nein, wirklich nicht! Es ist nur so… verwirrend.«

Sie saßen sich am Tisch gegenüber, zwischen ihnen leere Champagnerflaschen und unzählige angebrochene Winston-Schachteln. Bis zum mit der Polizei vereinbarten endgültigen Übergabetermin für die halbe Million war es noch eine Stunde hin.

Die Bankräuberin hatte, auf dem Stuhl nach hinten kippelnd, die Hände hinterm Kopf gefaltet, ihre Augen waren glasig und blutunterlaufen. Sie war seit über achtundvierzig Stunden auf den Beinen, und als sie gespürt hatte, daß Jürgen, auf welche verquere Art auch immer, irgendwas an ihr fand und ihr auf der Flucht wahrscheinlich keine Schwierigkeiten machen würde, war die Anspannung von ihr gewichen, und sie war in einen Zustand der Erschöpfung gefallen, aus dem sie weder Champagner noch Pillen mehr herausholen konnten.

Dagegen befand sich Jürgen in hellwachem Rausch: Gedanken und Fragen stürmten auf ihn ein, und vor seinen Augen entstanden verschwommene Bilder von Glück und Abenteuer. Noch hatte er sich nichts zuschulden kommen lassen, aber… Und wenn er wirklich mitginge? Solange sie ihn mit der Pistole bedrohte, blieb ihm sowieso nichts anderes übrig, doch was würde er tun, wenn sie ihn einen Moment außer acht ließe? War er durch die in den letzten Stunden erfahrene Erniedrigung und Angst einfach nur verrückt geworden, oder hatte das Mädchen durch sein Alles-auf-eine-Karte-Setzen und Durch-die-Wand-Rennen etwas in ihm berührt, das er schon für immer verschüttet geglaubt hatte? Die Kühnheit, mit der er dem Vater das Metzgerei-Erbe hingeschmissen hatte, die Wut, mit der er aus dem Elternhaus geflohen und ohne einen Pfennig in die große Stadt getrampt war, der Mut, der ihn in Moskau auch als kontaktarmen Stubenhocker und Rhythmusgitarristen einer drittklassigen Wochenendband nie verlassen hatte... Nein, ein Waschlappen, der wegen der Laune einer Frau jeden Morgen um acht Uhr zum Frühstück antrat, war er früher wirklich nicht gewesen! Sollte seine Verwicklung in den Banküberfall ein Wink des Schicksals sein? Hatte er auf so was vielleicht nur gewartet? Und strahlten Augen und Lächeln der Bankräuberin nicht mehr Leben aus als alles, was er in den letzten Jahren gesehen hatte...?

»Erzähl mir von deiner Frau.«

Jürgen sah auf. »Da gibt's nicht viel zu erzählen.« Er schenkte sich nach. Seine Wangen glühten. Der Champagner schmeckte ihm immer besser. »... Sie arbeitet als Anwältin, und wir sehen uns kaum. Und wenn, haben wir uns nichts zu sagen.«

...War die Bankräuberin schön? Jürgen lächelte in sich hinein. Ging es denn um Schönheit?

»Und du?« fragte die Bankräuberin, bemüht, das Gespräch und ihren Kreislauf in Gang zu halten.

»Was, ich?«

»Was du machst.«

Er zögerte. »... Ich studiere.« Dann holte er tief Luft und verkündete: »Aber eigentlich schreibe ich einen Roman.«

»Einen Roman?« Die Bankräuberin horchte auf, und für einen Moment wurden ihre Augen beinahe klar. »Ist ja toll!« Jürgen stutzte, dann überlief ihn eine Gänsehaut.

»Ich hab früher auch geschrieben, aber nur kurze Sachen, 'ne Art Tagebuch. Und gelesen hab ich wie verrückt ... Naja, bis ich von zu Hause weg bin. Bücher sind ja ganz schön teuer. Und um was geht's?«

Jürgen hätte am liebsten laut losgelacht. Da quälte er sich gerade noch mit Todesängsten, und nun saß er mit der Bankräuberin beim Champagner, mochte sich in ihren grünen Augen verlieren und würde zum ersten Mal über seinen Roman sprechen. Den Roman, den er für Elisabeth geschrieben hatte ... Innerlich feixend dachte er: Sollte sie sich doch von ihren Anwaltsfreunden irgendwelche Gesetzesentwürfe vorlesen lassen!

Die Heiterkeit, die Jürgen plötzlich ausstrahlte, ließ die Bankräuberin stutzen. Sie kippte mit dem Stuhl nach vorne, beugte sich ihm entgegen und fragte: »Ist das so lustig, daß so jemand wie ich Bücher gelesen hat?!«

Jürgen erschrak über ihren eisigen Ton. Hastig sagte er: »Nein! Gar nicht! Es ist nur ... Ich habe noch niemandem von dem Roman erzählt, und ausgerechnet jetzt, in dieser Situation ...«

Einen Moment sahen sie sich wortlos an, dann nahm sich die Bankräuberin eine Zigarette, rutschte im Stuhl zurück und sagte: »Ich wette, ich hab damals mehr gelesen als du. Ich war richtig süchtig danach. Egal, was, und wenn's die Rückseite von 'ner Cornflakes-Schachtel war. Auch in der Schule hab ich immer gelesen, unter der Bank und auf'm Hof. Bis sie mir die Bücher irgendwann weggenommen haben.«

»Wer?«

»Meine Eltern, die Lehrer, wer auch immer. Ich sag doch, ich war süchtig. Hab nichts anderes mehr mitgekriegt. Am liebsten mochte ich Märchen oder was Lustiges.«

»Tja.« Jürgen hob lächelnd die Schultern. »Was ich schreibe, ist leider weder lustig noch ein Märchen.«

»Warum leider?«

»Was, warum?«

»Na, haste dir doch ausgesucht, was du schreibst.«

»Ach so. Ich meinte… leider für jemanden wie dich – als Leserin. Außerdem…« Jürgen nahm einen Schluck Champagner. Er selbst hätte nicht sagen können, ob er die Bankräuberin in diesem Gespräch wirklich ernst nahm oder es nur wollte. Aber er wollte unbedingt! Sein Leben, der Roman, die Liebe, seine Zukunft – große Themen standen auf einmal im Raum, und Zweifel an seinem Gegenüber paßten da nicht. »…Was und wie ich schreibe, suche ich mir nicht wirklich aus.«

»Sondern?«

»Mir fällt einfach eine Geschichte ein – keine Ahnung, warum diese und keine andere –, und dann versuche ich, so gut ich kann, sie auf meine Art zu erzählen.«

Die Bankräuberin wurde ungeduldig. »Um was geht's denn nun in dem Roman?«

»Tja, um was geht's…« Jürgen lachte geziert auf. »So in zwei, drei Sätzen ist das nicht zu sagen…«

Er verstummte. Die Bankräuberin betrachtete ihn, wie er die Lippen einrollte und sich offenbar zu irgendwas durchrang. Sie wartete, daß er weitersprach, bis sie plötzlich wütend auffuhr: »Dann sag's eben in zehn!« Und die Pistole zog. »Falls du's nicht mitgekriegt hast: Ich bin ziemlich kaputt! Also erzähl mir irgendwas, was mich wach hält!«

Jürgen war zusammengefahren, drückte sich erschrocken in den Stuhl. »Ja sofort!«, und während er zwischen der Waffe und den Augen der Bankräuberin hin und her sah: »Bitte…!«

Die Bankräuberin verharrte einen Moment, die Pistole auf Jürgen gerichtet, bis sie sie verächtlich auf den Tisch fallen ließ und erschöpft in den Stuhl zurücksank. »Also los dann!«

Langsam ließ Jürgen die Schultern sinken und faltete die zitternden Hände im Schoß. So schnell konnte sich alles ändern! Er versuchte sich zu konzentrieren.

Zögernd begann er: »…Es geht um einen Mann in einem Dorf, der reich geerbt hat und nicht arbeiten muß.«

»Also doch 'n Märchen.« Die Bankräuberin grinste schwach.

»…Vielleicht. Ich weiß nicht.« Jürgen suchte verzweifelt den roten, mündlich mitteilbaren Faden im Wirrwarr der verschiedenen Romanebenen und Erzählperspektiven. Hätte er geahnt, unter welchen Umständen er die Geschichte zum ersten Mal zusammenfassen mußte und was davon abhing… Am liebsten hätte er irgendwas von den Brüdern Grimm erzählt, aber er hatte Angst, die Bankräuberin, so belesen, wie sie zu sein behauptete, könnte es merken und erneut wütend werden.

»…Jedenfalls hackt das ganze Dorf auf ihm rum: Er sei faul und weich und würde es im Leben zu nichts bringen. Weil er weder Frau noch Kinder hat, vermuten zudem viele, er sei schwul. Alles in allem ist er so was wie der Dorfdepp.

Schon morgens geht es mit dem Briefträger los, der ihm grinsend zuruft, heute sei leider nichts für ihn gekommen, dabei kommt bis auf Rechnungen und Reklame nie etwas für ihn...«

Langsam kam Jürgens Erzählung in Fluß. Ohne die Bankräuberin anzusehen, mit starrem, konzentriertem Blick zum Boden schilderte er Szene für Szene die Demütigungen, die seine Hauptfigur während der ersten sechzig Seiten zu ertragen hatte. Von den Nachbarn, vom Bürgermeister, vom Metzger, von den Kindern auf der Straße. Und von Demütigung zu Demütigung wurde er seiner Sache sicherer. Bald glaubte er sogar, die Ausführlichkeit, mit der er die Handlung ausbreitete und an die er sich am Anfang nur aus Angst geklammert hatte, sei notwendig, um das Ausmaß des folgenden Konflikts begreiflich zu machen. Immer weniger Geisel und immer mehr Schriftsteller, feuerte er sich an: Ich schaff's, dachte er, sie wird die Geschichte spannend finden!

Währenddessen legte die Bankräuberin die Beine auf den Tisch und verschränkte die Arme unterm Busen. Langsam sank ihr Kopf zur Schulter. Sie behielt die Augen offen, aber die Pupillen rutschten weg, und es sah aus, als ob sie schielte.

»...Und darum fängt er irgendwann an, jeden Morgen einen Zug zu besteigen, als fahre er zur Arbeit. Abends kommt er zurück und tut in der Dorfwirtschaft zwischen Bauern und Handwerkern so, als sei er wie sie vom Tag erschöpft und wolle vorm Zubettgehen noch zwei, drei Bier trinken. Tatsächlich fängt er erst in der Nacht an, wirklich zu arbeiten...«

Jürgen hielt inne und sah zum ersten Mal, seit er angefangen hatte zu erzählen, zur Seite. Beim Anblick des wie ohnmächtig im Stuhl hängenden Körpers stutzte er, und seine von Eifer und Champagner gerötete Stirn runzelte sich. Er hatte kaum noch Angst, jedenfalls nicht mehr um sein Leben. Die Bankräuberin, von der plötzlichen Stille gestört, ruckte mit dem Kopf herum und murmelte: »Weiter!«

Jürgen nickte. Der Höhepunkt des Romans stand kurz bevor. Laut und mit möglichst eindringlicher Stimme fuhr er fort: »...Er schreibt ein Buch über das Dorf und wie schäbig es ihn behandelt, nur weil er nicht in den dorfüblichen Rahmen paßt. Selbstverständlich möchte er mit dem Buch berühmt werden, um es allen zu zeigen...«

Jürgen erzählte die Geschichte vom Buch im Buch. Seine Idee sei gewesen, erklärte er, etwas zu schreiben, das so ähnlich wie russische Holzpuppen zum Zusammenstecken funktioniere, die, wenn man sie öffne, immer wieder die gleichen Puppen enthielten, nur kleiner.

Die Bankräuberin hatte die Augen geschlossen. Inzwischen tat ihr Jürgens Stimme weh, aber sie hatte nicht mehr die Kraft, etwas dagegen zu tun. In ihrem Kopf drehten sich Bilder von Geldscheinen, Palmenstränden, Polizisten, Bennys Beerdigung. Sie drehten sich immer schneller, bis sie sie mitrissen. Sie wollte um Hilfe schreien, aber es kam kein Ton.

»...Doch eines Nachts bricht im Nachbarhaus Feuer aus, und weil er als einziger im Dorf noch wach ist, kann er zwei Kinder aus ihren Betten retten, die sonst verbrannt wären. Und am nächsten Tag ist er plötzlich der Held. Die Zeitung schreibt über ihn, das Fernsehen kommt, die Eltern der Kinder hören nicht auf, ihm zu danken, und abends in der

Wirtschaft werden Hochs auf ihn ausgerufen. Alles, was vorher an ihm verachtet wurde, ist plötzlich gut, und man akzeptiert ihn als Mann für außergewöhnliche Anlässe. Dabei ist sein Buch, in dem alle im Dorf schlecht wegkommen, fast fertig...«

Jürgen verstummte. Die Bankräuberin hatte angefangen, regelmäßig und tief zu atmen. Im ersten Moment schaute er verwirrt, dann wütend. Am liebsten hätte er sie geweckt und gesagt: ›Jetzt kommt's doch erst! Die entscheidende Frage, der Kern des Romans!‹ Die ganze Zeit hatte er Anlauf genommen, und jetzt, als er springen wollte...

Eine Weile rührte er sich nicht. Dann schenkte er sich so leise wie möglich Champagner nach und trank den Becher in einem Zug leer. Sein Blick fiel auf die Pistole.

Zehn Minuten später starrte Jürgen immer noch auf das schwarze, glänzende Metall. Nie zuvor hatte er eine Waffe in der Hand gehalten. Langsam wurde ihm bewußt, daß er nun frei und gerettet war. Gerettet...? Er fühlte sich wie vor den Kopf geschlagen, taub, abgelehnt, irgendwo rausgefallen, wertlos. Wie oft hatte er sich ausgemalt, wie es sein würde, wenn er mit seiner Geschichte zum ersten Mal an die Öffentlichkeit träte. Daß es ausgerechnet bei einem Banküberfall geschah und daß er sie nur hatte nacherzählen können, war ja nicht seine Schuld! Drei Jahre hatte er auf diesen Moment hingelebt. *Aber eigentlich schreibe ich einen Roman...* Er sah auf und betrachtete das Gesicht der Bankräuberin. Spucke lief ihr aus dem Mundwinkel.

Jürgens Blick wanderte durch den Schalterraum. Zigarettenschachteln, leere Flaschen, umgekippte Stühle, Müll.

Das Plakat mit der Luftaufnahme der Dresdner Oper hatte dort, wo es der Champagnerkorken getroffen hatte, einen Riß. Die Deckenlampen tauchten alles in fahles Licht. Er hörte ihr Summen und zum ersten Mal, so kam es ihm vor, Geräusche von draußen. Entferntes Motorbrummen, Türenschlagen. Sein Blick fiel auf seine Hose über der Heizung. Wie im Reflex schlossen sich seine Augen, und er schüttelte den Kopf. Was hatte er geglaubt, was das hier war? Ein romantisches Abenteuer mit Literaturdiskussion? Der Anfang eines neuen, besseren Lebens...?

Ohne die Pistole aus der Hand zu legen, schenkte er sich Champagner nach und setzte den Becher an. Er hatte das Gefühl, Wasser zu trinken. Alkohol schien keinerlei Wirkung mehr auf ihn zu haben.

War sein Dasein wirklich so jämmerlich, daß es nur einen Tag und ein Mädchen brauchte, um alles in Frage zu stellen und aus den Fugen geraten zu lassen?

Er sah wieder auf die Pistole. Ein für einen Augenblick zu nervöser Finger der Bankräuberin, und er wäre tot gewesen. Was waren Gefühle und Gedanken, die in so einer Situation entstanden, wert?... Und trotzdem: Wie euphorisch war er gewesen, wie... glücklich auf eine Art.

Erneut schenkte er sich Champagner nach, lehnte sich mit dem Becher zurück, sah in die Weite des Schalterraums, ohne etwas wahrzunehmen. Als wäre die Zeit stehengeblieben, dachte er und spürte, daß eine Entscheidung zu treffen war. Nie hatte er sich so fern und über allem schwebend gefühlt. Er dachte an Geschichten, in denen der Tod als ein Zustand beschrieben wurde, in dem man der Welt von oben zugucken konnte. Irgendwann würde die Polizei anrufen, bis dahin hatte er Zeit, so redete er sich ein, Ordnung zu schaffen.

Er dachte an Elisabeth und ihren Bruder. Der saß jetzt wahrscheinlich gerade breitbeinig im Wohnzimmer, steckte sich einen Zigarillo an und machte seine üblichen Bemerkungen über Elisabeths Ehe. Und wie immer hätte sie nichts darauf zu erwidern und würde ihn, Jürgen, dafür später mit noch mehr Verachtung strafen. Wie hatte sie einmal gesagt, als sie nach einer Party bei ihrem Chef im Taxi nach Hause fuhren: »Wie kannst du erwarten, daß sich die Leute für einen interessieren, der fast seine ganze Zeit mit toten Russen verbringt und nur dazu etwas zu sagen weiß und vom wirklichen Leben keine Ahnung hat? Über was sollen sie mit dir reden, wie soll da eine Brücke entstehen? Wenn du durch dein Wissen bekannt wärst, im Fernsehen auftreten würdest und so, dann könntest du dir so was leisten, aber noch bist du nun mal ein Nichts für sie. Und ich habe die Nase voll, dich dauernd erklären zu müssen! Ja, mein Mann wirkt ein bißchen langweilig, aber wissen Sie, er macht außerordentlich wichtige Studien über russische Literatur und ist auf diesem Gebiet eine Art Genie, glauben Sie also bloß nicht, ausgerechnet ich sei mit der trübsten Tasse im Saal zusammen!«

Die trübste Tasse im Saal! So hatte Elisabeths Bruder ihn bei ihrer Hochzeit genannt.

Ob er jemals so bekannt würde, daß der Bruder und alle anderen endlich den Mund hielten? Daß niemand mehr, auch er selber nicht, irgendwas erklären müßte? Daß Elisabeth stolz auf ihn wäre?

Die Bankräuberin wandte im Schlaf den Kopf, und ihre

Akne glänzte im Deckenlicht. Sie sah jetzt aus wie irgendein Teenager, der sich nach einer Klassenfete auf dem erstbesten Stuhl ausschlief. Aber das täuschte! Während er den Blick auf die Bankräuberin heftete, verhärteten sich Jürgens Züge. Wie oft hatte sie im Laufe des Abends die Pistole auf ihn gerichtet! Sie ihm sogar auf die Stirn gedrückt! Und was war er schon für sie gewesen? Ein Spießer, ein Feigling! Sein Roman hatte sie einen Dreck interessiert! Nur ums Geld war es ihr gegangen. *Weißt du, was 'ne gute Geiselnahme wär?* Daß er ihr Spiel nicht durchschaut hatte! Statt dessen Kinophantasien, Bonny und Clyde, wie ein Sechzehnjähriger! Und dabei hätte sie ihn, vollgedröhnt mit Pillen, wahrscheinlich bei der erstbesten Gelegenheit erschossen!

Jürgen lehnte sich schwer atmend zurück. Es war ein Kampf auf Leben und Tod, so mußte man es sehen. Nur daß er nicht gekämpft hatte. Nur in die Hose gemacht. Die trübste Tasse im Saal. ...*Aber eigentlich schreibe ich einen Roman – Ach ja? Ich habe früher auch geschrieben...*

Und plötzlich sah er vor sich, wie sie im Fernsehen sein Bild bringen würden: Jürgen Schröder, der es mit Geduld und Mut geschafft hat, die unter Drogen stehende Bankräuberin zu überwältigen. Aus eigener Kraft konnte er sich und, wäre es zu Flucht und Verfolgungsjagd gekommen, wahrscheinlich noch vielen anderen das Leben retten. Vor Ort nun unser Reporter im Gespräch mit Jürgen Schröder...

Jürgen setzte die Champagnerflasche an und trank sie leer. Bis auf das Summen der Deckenlampen war alles still. Er malte sich seinen Auftritt im heimischen Wohnzimmer aus. ›Ach, dein Bruder ist noch da? Es stört euch doch nicht, wenn ich mal kurz die Nachrichten anschaue?‹

Herr Schröder, Sie waren die letzte Geisel und mußten mehrere Stunden mit der Geiselnehmerin alleine in der Bank aushalten. Am Ende haben Sie es unter dramatischen Umständen geschafft, die Geiselnehmerin auszuschalten.

Ja, aber eigentlich schreibe ich einen Roman.

Als das Telefon klingelte, weil die Polizei zum vereinbarten Zeitpunkt anrief, saß Jürgen in den Stuhl gedrückt, hielt die Pistole mit beiden Händen umkrampft und starrte wie hypnotisiert auf die Bankräuberin. Auf dem Höhepunkt seines Kampfes auf Leben und Tod fühlte er eine eigenartige Taubheit in sich. Als die Bankräuberin sich bewegte, weil das Klingeln sie weckte, mußte er handeln. Mit halbabgewandtem Gesicht schoß er viermal auf sie, dann schrie er um Hilfe.

Familie Rudolf tut wohl

Herr Rudolf...! Warten Sie.« Die alte Hauswartsfrau richtete sich auf, ließ den Lappen in den Eimer fallen und hinkte zur Treppe. Herr Rudolf blieb stehen und zog die Pudelmütze ab. Von seinen Schuhen schmolz Schnee. Als sozial denkender Mensch mit einem diffusen Verhältnis zu Berufsputzerinnen war ihm die Pfütze, die sich um seine Schuhe bildete, äußerst unangenehm.

»Guten Tag, Frau Simmes.« Herr Rudolf versuchte zu lächeln.

»Tag.« Die Hauswartsfrau trocknete sich die Hände an der Schürze ab, während sie den kleinen schmächtigen Mathematiklehrer ungeniert musterte. Sie mochte ihn nicht. Schon bei seinem Einzug war ihr die vorwurfsvolle Art aufgestoßen, mit der er bemängelt hatte, daß es keinen hauseigenen Glascontainer gab, und jeden Morgen ragte aus seinem Briefkasten eine der Tageszeitungen, von denen ihr Mann behauptete, sie seien ›liberale Blindmacher‹.

»Was gibt's, Frau Simmes?«

Die Alte strich die Schürze glatt, verschränkte die Arme und fragte triumphierend: »Sie wissen doch wohl, daß Untermieter in diesem Haus verboten sind?«

Herr Rudolf spürte einen Stich im Magen. »Ja, natürlich...« Und mit gespielter Verwunderung: »Warum?«

»Weil seit Monaten ein Herr bei Ihnen ein und aus geht.«

»Ach, Sie meinen…«

»…ich meine den Herrn im blauen Mantel.«

»Aber liebe Frau Simmes…« Herr Rudolf tat, als müsse er sich zurückhalten, um nicht zu lachen. »…das ist mein Onkel. Er ist nur zu Besuch.«

»So, so, Ihr Onkel. Und warum spricht Ihr Onkel kein Deutsch?«

»Er ist Rußlanddeutscher.«

Die Alte schien mit der Antwort nicht viel anfangen zu können, und Herr Rudolf beeilte sich zu erklären: »Sie wissen doch, die Deutschen, die von Stalin nach Sibirien verschleppt wurden oder, noch schlimmer, ins Konzentrationslager. Er hat seine Eltern schon mit fünfzehn verloren und die Sprache völlig verlernt.«

Die Hauswartsfrau schaute nach wie vor skeptisch. »Sogar ›guten Tag‹ verlernt?«

Herr Rudolf lächelte betrübt. »Nein, das ist die Angst. Wenn man sich fast fünfzig Jahre lang mit jedem deutschen Wort in Gefahr begab, eingesperrt zu werden… Naja, das legt man nicht von heute auf morgen ab.«

Es roch nach Essen, und aus der Küche drang Geklapper. Herr Rudolf hängte seinen Mantel an die Garderobe und blieb vorm Spiegel stehen, um seine wenigen, dafür um so längeren Haare in Form zu streichen. Er wußte, daß man sich am Gymnasium über seine Frisur lustig machte, aber er scherte sich nicht mehr darum. Er hatte sich damit abgefunden, daß seine Qualitäten auf geistiger Ebene lagen, und pflegte das verschrobene Äußere eines Künstlers. Manchmal schrieb er Artikel für Mathematik-Fachzeitschriften, doch seine Liebe gehörte der Lyrik. Er dichtete heimlich; ernste Zeilen über das Leben und den Menschen an sich, aber auch humorvolle Wortspiele über Politik und Alltag. Irgendwann wollte er damit an die Öffentlichkeit treten, und oft malte er sich aus, wie die Literaturkritik ihn feiern würde.

Als Herr Rudolf in die Küche trat, war seine Frau dabei, eine Kalbslende in dünne Scheiben zu schneiden. Sie begrüßte ihn mit kraftlosem »Hallo«.

»Hallo.«

Auf dem Eßtisch standen chinesische Porzellanschalen mit verschiedenen Soßen, ein Spiritusbrenner und drei Fonduegedecke. Das Radio lief. Ein Pfarrer pries die deutsche Novemberrevolution 1989. Herr Rudolf schob die Hände in die Hosentaschen und schaute seiner Frau zu, wie sie das Fleisch auf einen Teller gab. Herr Olschewski wohnte jetzt seit neun Monaten bei ihnen. Beim Vorstellungsgespräch hatte er erzählt, er sei Aussiedler aus Kasachstan. Er zahlte seine Miete pünktlich, ließ sich kaum sehen und hinterließ im Bad keine Spuren. Darüber hinaus interessierte er Rudolfs nicht. Als deutschstämmiger Russe gehörte er weder ihrem ›Kulturkreis‹ an, noch war er exotisch; für eine nähere Bekanntschaft schien er zu anders, und um ihn zum Ereignis zu machen, war er ihnen zu ähnlich. Einmal hatte Frau Rudolf geseufzt: »Wenn er doch Jude wäre!« Herr und Frau Rudolf gehörten zu dem Teil der Deutschen, der gerne von sich als einem Freund und Bewunderer des jüdischen Volks spricht. Nur kannten Rudolfs keine Juden persönlich. Ein jüdischer Untermieter wäre daher für sie eine Bereicherung im doppelten Sinne gewesen.

Plötzlich drehte sich Frau Rudolf um und fragte: »Ist was?«

Herr Rudolf schüttelte den Kopf. »Nein, nur ...« Er preßte die Lippen zusammen. Seine Frau verdrehte die Augen und wandte sich zum Herd. Sie kannte dieses zögerliche, unentschiedene, hinter jedem Vorgang ein Problem vermutende Verhalten jetzt seit siebzehn Jahren. Seit zwölf hielt sie es für feige, seit neun für dumm.

»...Frau Simmes hat mich gefragt, ob Herr Olschewski bei uns Untermieter sei.«

»Und was hast du geantwortet?«

»Daß er mein Onkel aus Rußland sei, und zu Besuch.«

Frau Rudolf schmeckte die Bouillon ab, ließ den Löffel in die Spüle fallen und stellte die Herdplatte auf kleine Hitze. Dann sah sie zur Küchenuhr. »Wo Cornelia wieder bleibt? Seit sie in der Pubertät ist...«

»Jutta!«

»Was denn?!«

»Wenn rauskommt, daß er nicht mein Onkel ist, fliegen wir aus der Wohnung.«

»Warum sollte das rauskommen?«

»Frau Simmes könnte sich auf den entsprechenden Ämtern erkundigen – oder Cornelia aushorchen, und aus Schusseligkeit verplappert sie sich.«

»Cornelia verplappert sich nicht aus Schusseligkeit. Sie schlägt nach der Mutter.«

»Jutta, bitte ...!« Herr Rudolf hob die Arme. »Unsere Wohnung steht auf dem Spiel! Unsere Existenz!«

»Wenn's weiter nichts ist...«

Frau Rudolf sah ihren Mann kurz an, in der Hoffnung,

er könnte lachen, oder wütend werden, oder irgendwas. Aber er begriff nicht, oder tat jedenfalls so. Langsam ging er zum Fenster und sah an den selbstgebastelten Strohsternen seiner Tochter vorbei auf die schneebedeckte Straße. Bis vor einem Jahr hatte seine Frau an der Volkshochschule Töpfereikurse besucht. Dann war eine viermonatige Arbeit – Medea samt Opfern lebensgroß, in sechsunddreißig Teilen – im Ofen geplatzt, und sie hatte den Kram hingeschmissen. ›Seitdem wird sie von Tag zu Tag schwieriger‹, dachte Herr Rudolf, ›obwohl ich ihr doch gerne helfen will, was Neues zu finden; wenn sie wenigstens Sport treiben würde.‹

Schließlich gab er sich einen Stoß und erklärte: »Ich werde Herrn Olschewski heute abend Bescheid sagen, daß er Ende des Monats raus muß.«

»Das wirst du nicht! Weißt du, was Olschewski uns bisher gebracht hat?« Frau Rudolf wies auf eine Palette japanischer Edelstahl-Küchenmesser. »Da!« Dann klopfte sie gegen die Espressomaschine. »Hier!« Und zuletzt riß sie den Küchenschrank auf, daß das Rosenthal-Kaffeeservice schepperte. »Und hier! Gar nicht zu reden von unserem Urlaub auf Kreta. Sollen wir wieder Nudeltage einlegen?!«

Herr Rudolf öffnete gequält den Mund, um ihn gleich darauf mit einem Seufzer wieder zu schließen. Dann klingelte im Flur das Telefon.

Die Küchentür knallte, und Herr Rudolf hörte, wie seine Frau den Hörer abnahm.

»Rudolf.«

»Guten Tag, Frau Rudolf. Mein Name ist Neuacher. Ich rufe im Auftrag des Stadtteilinitiative-Büros zur Aussiedlerintegrationshilfe an. Im Rahmen unseres Projekts ›Eine Suppe für Hermann – Deutsche helfen Deutschstämmigen‹ ist uns zu Ohren gekommen, daß Sie den Rußlanddeutschen Ernst Olschewski beherbergen. Wären Sie bereit, in dem Zusammenhang ein paar Fragen zu beantworten?«

Einen Moment lang horchte Frau Rudolf sprachlos dem Summen in der Leitung, bis sie kühl erwiderte: »Fragen Sie.«

»Zahlt Herr Olschewski Ihnen Miete?«

Frau Rudolf überlegte nicht lange. »Natürlich nicht.« In ihrer Stimme schwang Empörung mit. Die weibliche Person am anderen Ende stieß einen verzückten Juchzer aus. »Es gibt also doch noch verantwortungsvolle Menschen, die ihr Brot zu teilen wissen! Ich gratuliere, Frau Rudolf. Wenn Sie mir jetzt noch sagen würden, wie lange Herr Olschewski schon bei Ihnen wohnt?«

»Elf Monate.«

»Großartig! Bitte bleiben Sie dran.«

Frau Rudolf vernahm leise, wie hinter zugehaltener Muschel »Elf?… Spitzenreiter!… Noch Namen auf der Liste?… Nein« gesagt wurde.

»Frau Rudolf?«

»Ja.«

»Ich darf Ihnen mitteilen, daß Sie innerhalb unseres Projekts ›Eine Suppe für Hermann‹ den Gute-Bürger-Förderpreis gewonnen haben. Für außerordentliche Verdienste zur Erhaltung volksdeutschen Bewußtseins bekommen Sie ein Jahr lang monatlich tausend D-Mark.«

»Woher können die das wissen?!« Herr Rudolf sah von seinem leeren Teller auf. Die Neuigkeit hatte ihm den Appetit verschlagen. Nicht nur, daß das Problem Olschewski ungeahnte Ausmaße annahm, er wollte auch keinesfalls mit einem Preis zu tun haben, von dem er zu Recht vermutete, er werde von Leuten mit streng reaktionärer Gesinnung verliehen. Wenn es sich nicht um die Rettung lokaler Wald- und Wiesenbestände handelte, verabscheute er jede Art von Deutschtümelei. Er wählte sozialdemokratisch und war eingeschriebenes Mitglied der Organisation ›Mathematiklehrer für Europa‹. »Oder kennen wir jemand, der zu solchen Vereinen Kontakt hat?«

»Wir nicht, aber Olschewski vielleicht«, antwortete Cornelia, während sie einen Fleischspieß aus der Bouillon zog.

»Ist doch völlig egal, woher sie's wissen. Die Frage ist, ob Olschewski über den Preis informiert ist.« Frau Rudolf tat sich einen Löffel Soße auf und reichte die Schüssel ihrer Tochter. Ihr Gesicht war gerötet. Die Aussicht auf das Geld hatte sie in einen Rausch versetzt. »Wenn rauskommt, daß er Miete zahlt, sind die zwölftausend Mark Essig.«

Herr Rudolf sagte: »Ich möchte dich daran erinnern, daß man uns kündigt, sollte Olschewskis Untermietsverhältnis bekannt werden.«

»Eben. Um so besser mit dem Preis. Dadurch wird öffentlich, er hätte umsonst gewohnt. Der einzige, der uns gefährden kann, ist Olschewski. Am besten, er ginge zur Preisverleihung gar nicht mit.«

Herr Rudolf war einen Augenblick sprachlos. »Jutta...«

»Ja?«

»...Was ist, wenn ich auch nicht mitgehe?«

Frau Rudolf warf ihm einen schneidenden Blick zu. »Du gehst aber ganz bestimmt mit!«

Als Herr Olschewski wie jeden Abend um halb acht nach Hause kam, wartete Frau Rudolf schon auf ihn. Olschewski war Mitte Vierzig, groß, durchtrainiert, immer glatt rasiert und korrekt gekleidet. Er hätte Verkäufer von Herrenmoden oder Bankangestellter sein können. Beim Vorstellungsgespräch hatte er behauptet, an einem einjährigen Schulungsprogramm der Bundespost teilzunehmen; ehemalig russische Postbeamte würden dort zu deutschen Postbeamten ausgebildet. Was er tatsächlich machte, wußte außer ihm niemand.

Frau Rudolf verwickelte ihn in ein Gespräch über Aussiedler- und Vertriebenenverbände. Er hatte offensichtlich keine Ahnung von dem Preis, und sie nahm ihm das Versprechen ab, Außenstehenden gegenüber künftig zu behaupten, er zahle keine Miete. Die Begründung, »Ärger mit der Hausverwaltung«, leuchtete Herrn Olschewski sofort ein. Hätte er allerdings erfahren, daß er Anlaß einer öffentlichen Veranstaltung war, wäre er noch in derselben Nacht ausgezogen.

Frau Rudolf berichtete ihrem Mann von der Unterhaltung und meinte: »Übrigens ist sein Deutsch gar nicht so schlecht.«

»Solange es nicht gut genug ist, um Tageszeitungen zu lesen.«

»Fang nicht schon wieder an. Wenn er wirklich vom Preis erfährt, regel ich das schon. Hast du nicht selber gesagt, besser wir als irgendein rechtes Geschmeiß?«

Eine Woche später saß Familie Rudolf zur Preisverleihung am Ehrengäste-Tisch im ausverkauften WOLGAKELLER.

Den Veranstaltern hatte Frau Rudolf mitgeteilt, Herr Olschewski habe wegen schwerer Grippe zu Hause bleiben
müssen. Die Aufregung war groß. Man hatte fest mit einer
Dankesrede Olschewskis an seine Wohltäter gerechnet. Das
Programm mußte geändert werden, und die Veranstalter
fragten sich, ob alles mit rechten Dingen zuging. Der
Wunsch, einen gelungenen Abend zu präsentieren, hatte sie
ihre Zweifel jedoch bald vergessen lassen.

Herr Rudolf trug einen beigen Samtcordanzug, seine
Frau hatte sich für die Veranstaltung ein buntes Kostüm
gekauft, und Cornelia zupfte unglücklich an einer bestick-
ten Bluse von ihrer Mutter. Ihre Haare waren zu Zöpfen
geflochten. Frau Rudolf hatte das veranlaßt mit der Erklärung, es sei zwar nicht Stil der Familie, sich anzubiedern,
aber man bekomme zuviel Geld von den Spinnern, um nicht
wenigstens einen Abend ihren Vorstellungen von deut-
schem Aussehen zu entsprechen. Auf der Bühne tanzte eine
Siebenbürger Trachtengruppe zu Chorgesängen vom Band,
und an der Theke wurde tschechisches Bier ausgeschenkt.
Die Gesichter der Gäste waren gerötet. Viele hatten die Ärmel hochgekrempelt und wippten im Rhythmus der Musik.
Als der Tanz beendet war, kam ein junger Mann im blauen,
flott glitzernden Anzug auf die Bühne, trat hinter ein Pult
und begann seine Rede mit: »Meine sehr verehrten Damen
und Herren, liebe Kinder, liebe Freunde, Kameraden, Pa-
trioten, Landsleute – liebe Deutsche!«

Beifall hob an. Herr Rudolf atmete tief durch. Seine Frau
gab sich den äußerlichen Anschein von Unbeteiligtsein.
Cornelia nippte demonstrativ am Apfelsaft.

»...kommen wir gleich zum eigentlichen Thema dieses

Abends: die wahren Opfer des Zweiten Weltkriegs. Menschen, die seit fünfundvierzig Jahren ein Leben in Schmutz und Elend, ein Leben in Knechtschaft und Hunger, in Vertreibung und Krankheit erleiden – Millionen deutsche Männer und Frauen, deutsche Kinder, von Dessau bis Sibirien!«

Nach heftigem Beifall fuhr der junge Mann fort: »Einige werden sagen: Aber vor einem Jahr ist doch die Mauer gefallen, und mit ihr alle kommunistischen Terrorregimes bis auf das russische, und auch das wird früher oder später zusammenbrechen. Darauf kann ich nur antworten: Das Gespenst des Kommunismus mag vertrieben sein, aber – und ich sage das in aller Deutlichkeit – an seine Stelle ist das Gespenst der Demokratie getreten. Denn sieht man sich die jetzigen Zustände in Rußland, Rumänien und im gesamten Osten an, wo deutsche Menschen am Hungertuch nagen und das internationale Gangstertum regiert, so kann man sie wahrlich nur als gespenstisch bezeichnen!«

Der Beifall fiel verhältnismäßig spärlich aus, was weniger an fehlender Zustimmung als an den vielen Gespenstern lag, die ein Großteil der Gäste durcheinanderbrachte. Der Redner merkte das und fügte schnell hinzu: »Wir Deutschen brauchen keine Demokratie, wir brauchen Kartoffeln!«

Jetzt hatten alle den Faden wiedergefunden, und Gejohle und Getrampel entwickelten sich um so stürmischer. Plötzlich drehte Herr Rudolf sich zu seiner Frau um und murmelte: »Das ist doch nicht auszuhalten! Ich werd dazu was sagen, darauf kannst du Gift nehmen! Und das ist alles nur deine Schuld! Ich wollte nicht her!«

Frau Rudolf verstand ihn akustisch nicht und glaubte, er äußere nur eine seiner üblichen Mäkeleien.

Kurz darauf war die Rede beendet, und eine gewichtige ältere Dame betrat die Bühne, um die diesjährigen Träger des Gute-Bürger-Förderpreises zu sich zu bitten.

»...Familie Rudolf, die sich aufopferungsvoll darum bemüht hat, einem Aussiedler, Herrn Ernst Olschewski, der wegen Krankheit leider nicht kommen konnte, den Start ins neue Leben zu ermöglichen. Applaus...!«

Beim Aufstehen stieß Herr Rudolf ein Glas um, und als er sich dafür entschuldigte, merkte er, wie seine Stimme zitterte. In den letzten Minuten hatte er sich eine kurze Ansprache überlegt, für wie ›schlimm und fast faschistisch‹ er die eben vernommene Rede halte, und daß er wegen seiner moralischen und demokratischen Grundsätze den Preis nicht annehmen könne.

Herr Rudolf, seine Frau und Cornelia kamen auf die Bühne. Als erstes wurde der Preis übergeben. Ein symbolischer, überdimensionaler Scheck über zwölftausend D-Mark und ein handgestickter Deutschland-Wandteppich mit den Grenzen von 1937. Hände wurden geschüttelt, und Hochrufe ertönten. Dann bat die gewichtige Dame Herrn Rudolf, ein paar Worte ans Publikum zu richten. Er ging zum Pult und räusperte sich, doch plötzlich fiel sein Blick auf Cornelia, und er hielt inne. Sie war sein einziges Kind und hatte das Leben noch vor sich. Wie wird der Saal reagieren, schoß es Herrn Rudolf durch den Kopf, wenn ich meine Ansprache halte? Werden sie handgreiflich? Oder kommen wir auf eine schwarze Liste, und Cornelia kann nie mehr sorglos zur Schule gehen? In der Zeitung las man ja immer wieder davon: Neonazis, Drohbriefe, Bombenan-schläge...

Nachdem Herr Rudolf sich kurz für den Preis bedankt hatte, gingen er und seine Familie zu ihren Sitzplätzen zurück, und ein schlesischer Liedermacher betrat die Bühne. Unter dem Refrain »In Breslau steht ein Bäumchen, das trägt so süße Pfläumchen« verließ Familie Rudolf bald darauf den WOLGAKELLER.

Während seine Frau das Auto durch den abendlichen Verkehr nach Hause lenkte und Cornelia auf der Rückbank ihre Zöpfe entflocht, holte Herr Rudolf auf dem Beifahrersitz seine aus väterlicher Verantwortung nicht gehaltene Rede nach. Er argumentierte und polemisierte, gestikulierte und wetterte mit solcher Inbrunst gegen die eben erlebte Veranstaltung, daß seine Frau immer wieder überrascht zu ihm hinüberschaute. Schon lange hatte sie ihn nicht mehr so von sich überzeugt gesehen. Er sprach von Ausländern und Toleranz, von Nebeneinander und Miteinander, von Zivilisation und gleichberechtigten Kulturen, von einer Welt ohne Grenzen und ohne Kriege, und von Menschen, die sich zuallererst als Bewohner des Planeten Erde und nicht als Vertreter irgendeiner Sippe oder irgendeines Landstrichs begreifen. So redete er, bis seine Frau einen Parkplatz fand. Mit dem Gefühl, den Scheck behalten und die Moral vorerst gerettet zu haben, stieg Herr Rudolf aus dem Auto.

In der Wohnung angekommen, beschloß man, Herrn Olschewski zu einem fürstlichen Nachtmahl einzuladen. Cornelia wurde ins Bett geschickt.

Für Frau Rudolf gehörte das Nachtmahl zu den Dingen, die sie sich vorgenommen hatte, um den ahnungslosen Herrn Olschewski nach eigenem Ermessen am Preisgeld zu beteiligen. Sie wollte in Zukunft seine Wäsche waschen, ihn am Abend mitbekochen und ihn auch mal mit dem Auto in die Stadt bringen. Nebenbei hoffte sie, ihrem Mann auf diese Weise das schlechte Gewissen zu nehmen.

Herr Olschewski schaute überrascht, als seine Vermieterin nach zweiundzwanzig Uhr ins Zimmer trat. Er saß im Schlafanzug auf dem Bett und las ein Buch. Noch überraschter war er, als sie ihn aufforderte, zu Wein und Essen ins Wohnzimmer zu kommen. Beim Einzug hatte man ihm erklärt, bis auf Bad und Küche sei der Rest der Wohnung für ihn tabu. Er bedankte sich höflich und versprach in akzentvollem Deutsch, sich anzuziehen, um dann sofort nachzukommen.

»Aber nicht doch. Bleiben Sie im Schlafanzug«, sagte Frau Rudolf, »wir sind nicht so spießig.«

Im Wohnzimmer arrangierte Herr Rudolf ein Buffet mit Gänseleberpastete, Lachs und anderen Köstlichkeiten; hinzu kamen zwei teure Flaschen Weißwein. Er pfiff dabei vor sich hin und war aufgekratzt, als hätte er eine Prüfung bestanden. Zu dritt tranken sie dann auf ›weiterhin frohes Zusammenleben‹. Beim Essen sprach man über die Wiedervereinigung. Herr Rudolf hielt sie einerseits für notwendig, andererseits für übereilt und schließlich für einen neuerlichen Grund anzustoßen. Herr Olschewski stimmte ihm in allem zu; ansonsten beschränkte er sich darauf, die Speisen zu loben. Herr und Frau Rudolf kamen bald darin überein, es mit einer durch und durch unpolitischen und ungebildeten Person zu tun zu haben, und gingen dazu über, den Gast russische Trinksprüche aufsagen zu lassen. Sie wiederholten sie mit falscher Betonung, was sie sehr amüsierte.

Nachdem man sich ›gute Nacht‹ gewünscht hatte und Herr Olschewski in sein Zimmer verschwunden war, klingelte das Telefon. Herr Rudolf hob ab. Eine männliche Stimme meldete sich. »Mein Name ist Beppo. Mir haben Sie den Preis zu verdanken. Hab dem Verein Ihren Namen gegeben. Muß Olschewski, oder wie er sich jetzt nennt, ganz schön geärgert haben. Kein Wunder, daß er zu Hause geblieben ist. Grippe, ja?« Die Stimme lachte. »Richten Sie ihm 'n schönen Gruß von mir aus, und daß ich nicht der einzige bin, der weiß, wo er steckt. Er sollte sich meinen Vorschlag noch mal überlegen. Wenn wir die anderen nicht verpfeifen, verpfeifen sie uns.«

Eine halbe Stunde später wiederholte Herr Rudolf am Küchentisch zum x-ten Mal: »In was sind wir da bloß reingeraten!«

»Wenn du doch einmal nicht so pessimistisch wärst.« Seine Frau saß ihm gegenüber. Es war lange nach Mitternacht. »Was kann uns schon passieren? Wenn Olschewski wirklich krumme Dinger dreht, schmeißen wir ihn raus. Und dann ist es auch egal, ob er vom Preis erfährt oder nicht. Du wirst sehen, es wird sich alles zum besten arrangieren.«

Am nächsten Morgen klingelte es um sieben an der Tür. Herr Rudolf schreckte im Badezimmer zusammen. Seine Nerven lagen blank. Er war mitten in der Nacht aufgewacht und hatte vor lauter Gedanken und Sorgen wegen Olschewski nicht mehr einschlafen können. Was passierte, wenn Olschewski nun ein Verbrecher war? Oder noch schlimmer, wie sollte er, Herr Rudolf, sich verhalten, wenn er keiner war? Mußte man ihn ab jetzt nicht umsonst wohnen lassen? Würde seine Frau das Preisgeld zurückgeben? Sie hatte angedeutet, sich damit vielleicht eine kleine Töpferwerkstatt einzurichten – würde der Verzicht darauf ihre Ehe sprengen?

Als Herr Rudolf die Tür öffnete und drei Polizeibeamte davorstanden, schoß ihm zuerst die Hausverwaltung durch den Kopf. Schweiß brach ihm aus. Schon sah er sich im Gefängnis und seine Familie ohne Obdach.

»Guten Morgen. Wohnt bei Ihnen ein Rainer Fritsch alias Ernst Olschewski?«

»Warum?«

Einer der Beamten zog ein Papier aus der Tasche. »Wir haben da einen Haftbefehl.«

Herr Rudolf atmete auf. Es ging also nur um Olschewski! Die Polizei würde ihn mitnehmen, und die Geschichte hätte ein für allemal ein Ende! Er war so erleichtert, daß er gar nicht fragte, worum es in dem Haftbefehl ging. Ohne Umstände führte er die Polizisten zu Olschewskis Zimmer. Die Beamten gingen hinein und kamen wenig später mit Olschewski in Handschellen wieder heraus. Aus der unbedarften, bescheidenen Person vom gestrigen Abend war ein respektgebietender Mann mit strengen Gesichtszügen und kühlem Blick geworden. Er sah kurz zu Herrn und Frau Rudolf, die wie versteinert im Flur standen, und sagte in tadellosem Deutsch: »Vielen Dank für die Unterkunft.« Dann führten ihn zwei Beamte aus der Wohnung. Der dritte fragte: »Kam der anonyme Anruf von Ihnen?«

Wieder einmal half Frau Rudolf ihr Instinkt für gewünschte Antworten, als sie erwiderte: »Je nachdem. Wenn er wirklich etwas verbrochen hat, vielleicht. Aber wir sind keine Spitzel.«

Der Beamte lächelte und nickte zufrieden. »Keine Angst. Ihr Name kommt nicht an die Öffentlichkeit. Sie haben sehr gut daran getan, uns Ihren Verdacht mitzuteilen. Rainer Fritsch war bis zum Mauerfall Stasi-Offizier in der Spionageabteilung.«

»O Gott!« Herr Rudolf schaute fassungslos. Wie für viele war die Stasi seit dem Mauerfall der Inbegriff des Bösen für ihn, vergleichbar mit der Gestapo oder südamerikanischen Todesschwadronen.

Der Beamte runzelte die Stirn. »Ihre Vermutungen am Telefon gingen doch in dieselbe Richtung?«

Herr Rudolf sah zu seiner Frau. Ohne Zögern erklärte sie: »Sicher, aber es waren eben nur Vermutungen.«

»Mhmhm.« Dem Beamte schienen Zweifel zu kommen. Trotzdem sagte er: »Für Hinweise, die zu Fritschs Ergreifung führen, war eine Belohnung von zehntausend Mark ausgesetzt. Die steht dann wohl Ihnen zu.«

Der Beamte verabschiedete sich, und die Tür fiel ins Schloß. Herr und Frau Rudolf sahen sich an. Sie konnten nicht glauben, was geschehen war, bis sie sich in die Arme fielen und küßten wie seit Jahren nicht mehr.

Herr Rudolf flüsterte: »Du warst großartig!« Und seine Frau: »Wäre ja noch schöner, wenn der Anrufer auch noch eine Belohnung bekäme. Es gibt nichts Schlimmeres als Denunzianten.«

Herr Rudolf telefonierte mit dem Gymnasium und meldete sich krank. Gegen Mittag löste er sich aus den Armen seiner Frau, stand vom Bett auf und zog sich an. Sie hatten Pläne entworfen, was sie mit den verschiedenen Geldern anfangen würden, und waren einig, daß ihr Zusammenleben sich künftig anders und besser gestalten mußte. Aber manches sollte auch bleiben, wie es war.

Am Abend kehrte Herr Rudolf vom städtischen Auffanglager für jüdisch-russische Emigranten zurück. Ein junger Mann ging neben ihm. Auf der Treppe begegnete ihnen Frau Simmes. Die Hauswartsfrau entschuldigte sich für ihren Untermieter-Verdacht. Sie habe in der Zeitung vom Gute-Bürger-Förderpreis gelesen und sei stolz, mit Rudolfs in einem Haus zu wohnen.

Im Wohnzimmer stellte Herr Rudolf den jungen Mann seiner Frau vor. »Herr Walentin Rosen.«

»Spricht er Deutsch?«

»Kaum.«

»Hast du ihm erklärt, daß er nur die Hälfte der üblichen Miete zahlen muß?«

»Selbstverständlich. Und daß er behaupten soll, gar keine zu zahlen.«

Herr Rosen verstand kein Wort. Seine neue Vermieterin strahlte ihn an und sagte: »Schalom!« Dann küßte sie ihren Mann auf die Stirn. »Ich werde Hasselbergs anrufen und zum Essen einladen. Georg hat doch im Urlaub den Talmud gelesen, und Almut wird sowieso platzen vor Neid.«

Herr Rudolf schaute seiner Frau hinterher, die ihm zehn Jahre jünger erschien. Dann sah er zu Herrn Rosen. Er trug immer noch seinen Mantel und stand unbeholfen herum.

›Vielleicht melde ich dich bei der Hausverwaltung sogar offiziell an‹, dachte Herr Rudolf, ›die sollen mich kennenlernen! Wir gehen zur jüdischen Gemeinde und zu anderen Organisationen. Dich nimmt uns keiner weg!‹

Papstbesuch

Max hing, ein Bein über der Lehne, im Sessel und drehte erfolglos am Zauberwürfel. Gegenüber auf der Couch hielt Zonker das Radio ans Ohr. Balkontür und Fensterläden waren geschlossen, die Vorhänge zugezogen, nur an den Seiten kam Sonne durch. Dennoch stand die Luft schwül vor Hitze, und Max hatte das Gefühl, er atme über einem dampfenden Wasserkessel. Von der Straße drang gedämpfter Lärm ins Zimmer: Geraune, Kinderschreien, aufflackerndes Gezeter wartender, ungeduldiger Massen; zwischendurch Megaphonstimmen und das Tuckern von Dieselmotoren. Trotz der Hitze schien Zonkers Gesicht wie gefroren, mit harten graublauen Augen wie aus Glas. Auf seinen Knien lag eine Neun-Millimeter-UZI-Maschinenpistole. Die Finger seiner linken Hand trippelten lautlos gegen den Abzug. Im Radio gab der Militärsender französische und arabische Befehle durch. Von Geburt Deutscher, beherrschte Zonker beide Sprachen seit einer vierjährigen Verpflichtung bei der Fremdenlegion.

»Und?« fragte Max, ohne vom Zauberwürfel aufzusehen.

Zonker reagierte nicht. Kurz darauf nahm er das Radio vom Ohr, schob die Antenne ein und stellte es auf den Tisch.

Er sah auf die Uhr. »Soll jetzt losgeflogen sein.«

»Das heißt, es kann noch bis heute abend dauern.« Max

rümpfte die Nase. »Wenn das der Vertreter Gottes sein soll, isser nich gerade wild drauf, zu seinem Chef zu kommen ...« Erwartungsvoll grinste er in Richtung Zonker, aber Zonker schien ihn nicht gehört zu haben. Mit ruhigen, sachlichen Bewegungen nahm Zonker das Magazin aus der Pistole, entsicherte den Abzug, kniff ein Auge zusammen und zielte auf einen Kakerlak, der über den Boden krabbelte.

»Okay, okay ...!« Max schlug wütend das zweite Bein über die Lehne, sackte noch tiefer in den Sessel und tat, als beschäftige er sich wieder mit dem Würfel. Wahllos drehte er die bunten Kästchen gegeneinander. »...Vielleicht is Reden nich deine Stärke... meine vielleicht auch nich...«, er deutete mit dem Würfel in die Luft, »...aber ich tu was dagegen, das is der Unterschied.«

Zonker drückte ab. Es klickte leise, und der Kakerlak krabbelte weiter.

Max schüttelte angewidert den Kopf. »Seit zwei Tagen hocken wir in dieser Mistbude, schwitzen uns den Arsch weg, und alles, was du machst, is, auf blöde Insekten zu schießen! Hast du keine Frau, von der du erzählen kannst, oder 'n Auto?!«

Zonker musterte Max mit seinen graublauen Augen und legte langsam auf ihn an. Mit einem Satz war Max auf den Beinen und schnappte nach der Pistole. Zonker ließ sich in die Couch zurückfallen und hob abwehrend ein Bein. Der Zauberwürfel sprang über den Boden.

Max zischte: »Mach das nie wieder!«

Halb zwei. Wasser ist alle, und ich liege auf diesem Dach wie Fleisch zum Braten. Man müßte den zuständigen Offizier verständigen. Soll jemand rumschicken, der uns Scharfschützen Wasser bringt. Wie die sich das bei der Kommandantur vorstellen... wenn wirklich was passiert? Wer kann denn bei so 'nem Durst noch zielen? Ob ich dem gegenüber winke? Man müßte zusammen runter und sich beschweren. Aber wahrscheinlich meldet der Blödmann: ›Schütze Khaled hat sich und seinen Standort im Dienst durch Handzeichen zu erkennen gegeben.‹ Dann bin ich dran. Und er kriegt 'ne Woche Urlaub. Ich würd's genauso machen. Aber 'ne Sauerei ist es trotzdem. Die Leute denken einfach zu kurz. Wenn ich hier an Hitzschlag verrecke, kann jeder vom Haus gegenüber König und Papst seelenruhig abknallen. Und dann haben sie den Salat. Aber vorher nur 'n halben Liter Wasser ausgeben. ... Fünf vor zwei. Und Tausende warten auf ihn. Was heißt, warten auf ihn – warten, daß er kommt und vorbeifährt. Seit sechs Stunden stehen die Leute da unten. Bei der Hitze ohne Wasser. Da hab ich mit meinem halben Liter noch Glück. Die haben keinen Tropfen bekommen... und auch sonst nichts. Frühmorgens sind die Busse los. Zum Meer, haben die Soldaten ihnen gesagt. In seiner unermeßlichen Güte würde der König die Armen des Landes zum Baden einladen. Die sind aber auch zu blöd. Da haben sie ihren Badetag. Eins aufs Maul und ab dafür... Jetzt nehmen sie wieder einen fest. Keine vierzehn. Da fällt's schwer, den Mund zu halten; aber wenn sie ihn freilassen, wird er's kapiert haben. Warum schreit er auch nach 'ner Toilette. Möglichst noch mit fließend Wasser. Als ob's bei ihm in der Wellblechhütte so was gäbe. Alle anderen gehn in die Hauseingänge. Bei Wind vom Meer riecht man die Armenviertel bis in die Innenstadt. Und jetzt ist die Innenstadt ein Armenviertel. Stinkt wie über 'ner Müllhalde. Als ob die Pest umginge. Wenn der Papst nur endlich käme!

Iß keine Feigen, Malika. Da wirst du noch mehr Durst bekommen. Wer weiß, wann das hier vorbei ist. Komm in den Schatten. Und starr die Leute nicht so an. Du bist noch klein, aber wenn du groß bist und alleine in die Stadt gehst, sieh den Leuten nicht in die Augen. Die Leute denken oft komisches Zeug.

Jetzt leg dich in meinen Schoß und versuch ein bißchen zu schlafen. Gib mir die Feigen. Ich habe wirklich geglaubt, sie fahren uns ans Meer. Woher sollte ich wissen, daß sie wen zum Jubeln brauchen.

Nein, wir können nicht weg. Siehst du die Soldaten? Vor denen mußt du dich in acht nehmen. Nachher, wenn der König mit seinem Gast vorbeifährt, mußt du winken. Ich werd dich auf die Schultern nehmen.

Ich weiß nicht. Wahrscheinlich ein Amerikaner. Bei dem Aufwand, den sie machen.

Amerikaner sind große lachende Männer mit viel Geld. Letztes Jahr kamen welche in unser Dorf. Erinnerst du dich nicht? Sie fuhren einen Jeep und hatten kurze bunte Hosen an. Deinem Onkel haben sie seine alte Teekanne abgekauft. Für das Geld hat er ein Schaf bekommen. Ein Schaf für eine Teekanne! Die Amerikaner sind nicht gerade klug.

Der König? Natürlich ist er klug. Und jetzt sei still. Es ist nicht gut, über den König zu reden. Merk dir das, Malika. Leg dich hin und mach die Augen zu.

Ich weiß, daß es heiß ist. Nicht heißer als sonst, aber sonst sind wir über Mittag im Haus. Es wird bald kühler werden.

Die Soldaten kommen! Zieh die Beine ein... Wo willst du hin? Bleib sitzen, Malika. Bleib hier! Malika...!

Wenn ich die Jacke ausziehe? Sieht mich doch keiner hier oben. Und wenn schon! Ohne Wasser in dieser Glut, aber korrekte Uniform – bin doch nicht blöd. Sollen sie ruhig Kontrolle machen. Ich sag, die Jacke muß unters Gewehr, damit ich besser zielen kann... So. Wahrscheinlich sitzt der Papst beim König, trinkt Tee und läßt sich's gutgehen. In jedem Zimmer 'ne Klimaanlage. Der Palast hat über hundert Zimmer, hat Mehdi gesagt. Selbst der König würde sich drin verlaufen. Aber was Mehdi redet. Seit er in Frankreich ist und nur noch auf Urlaub kommt, hört er damit gar nicht mehr auf. Sicher, weil er bei der Arbeit keinen Mucks machen darf. Küchengehilfe! Dann lieber Militär. Verdien nicht soviel wie Mehdi, aber dafür bin ich zu Hause und muß keinem Franzosen das Gemüse schälen. Und heute geht auch vorbei. Für die Franzosen sind wir doch der letzte Dreck. Aber herkommen, an unseren Stränden liegen und unsere Kinder verderben. Ob arm und verdreckt, wie die da unten, oder reich oder ganz normal – von den Europäern werden sie alle verschlungen. Von ihren Autos, ihren Frisuren, ihren Sonnenbrillen! Omar war 'n ehrlicher Junge, als er in die Stadt kam. Und dann hundert Francs, damit er sich fotografieren läßt! Jetzt bleibt er bei jedem Europäer stehen, zieht Grimassen und bettelt um Geld. Und redet von nichts anderem: Europa! Wenn er groß ist, will er hinfahren und

Millionär werden. Mit hundert Francs süchtig gemacht. Wird sein blaues Wunder erleben. Wenn sie ihn überhaupt reinlassen. Bis dahin durchsucht er meine Jacken nach Geld für Jeans. Levi's! Der Sohn meiner Schwester, die im Leben nichts hatte außer Hühnern und Schafen, sagt, ohne Levi's könne er nicht mehr auf die Straße!

Max hielt den Vorhang einen Spalt offen und sah durch die Ritzen des Fensterladens auf die Straße. Zonker saß auf der Couch und drehte an Max' Zauberwürfel. Er drehte auf Zeit. Bei der Aufgabe, aus einem beliebigen Durcheinander an bunten Kästchen sechs Flächen mit jeweils einheitlicher Farbe zu schaffen, wollte er unter vierzig Sekunden bleiben. Seine Bestzeit lag bei achtundvierzig.

»Jede Menge Scharfschützen auf den Dächern, und in den Seitenstraßen Panzer«, sagte Max. »Ganz schöner Aufwand. Ob die das wegen dem Papst machen oder wegen ihrem König?« Ohne auf eine Antwort zu warten, fuhr er fort: »Wahrscheinlich wegen dem König. Hat das Land ganz schön unterm Daumen, hab ich gehört.«

Zonker hatte es geschafft. Neununddreißig Sekunden. Er legte den Würfel weg und lehnte sich zurück. »Wo willst 'n das gehört haben? Im Spielsalon?«

Max ließ den Vorhang los und drehte sich um. Langsam, jeden Schritt abwiegend, kam er zum Tisch. »Sieh an, Stummfisch kann Töne. Leider die falschen. Hör mal, Stummfisch, in spätestens vier Stunden sind wir uns los. So oder so. Entweder wir schlagen uns bis dahin gegenseitig tot, oder wir erledigen unseren Auftrag und verdienen 'ne Menge Geld. Der Boß hat uns für den Job eingeteilt, und es ist jetzt 'n schlechter Zeitpunkt, sich über die Einteilung den Kopf zu zerbrechen. Am besten, du hängst dich wieder ans Radio und kriegst raus, ob der Papst endlich gelandet ist.«

Zonker betrachtete ihn kurz, bis er lautlos seufzte und nach dem Zauberwürfel griff. Max stutzte. Für einen Augenblick schien die Luft im Raum zu dünn für zwei Personen. Max sah auf die Uhr. Schließlich machte sein Adamsapfel einen schwerfälligen Hüpfer. »Na schön ... Für die Landung isses wohl noch zu früh. Aber spätestens in 'ner halben Stunde müssen wir auf'm Posten sein.« Dann ging er zu einem Kakerlak, der über die Türschwelle ins Zimmer krabbelte, und zertrat ihn. Während er das Überbleibsel in die Ecke kickte, fragte er: »Schon mal überlegt, für wen wir den Beichtvater umlegen sollen?«

»Für was«, korrigierte Zonker hinter dem Würfel. »Für hunderttausend Mark pro Mann.«

»Und wer zahlt die?«

»Der Boß.«

Max stöhnte. »... Und wer gibt sie dem Boß, damit er sie uns zahlt?« Er blieb am Tisch stehen. »... Ich meine, wer hat ein Interesse daran, daß der Kerl von der Bildfläche verschwindet?«

Zonker schwieg. Max zog eine Packung Zigaretten aus der Tasche, steckte sich eine an und ging zurück ans Fenster. »Weißt du, daß 'n paar hundert Leute draufgehen, wenn wir unser Ding durchziehen?«

Von der Couch vernahm er das leise Klicken des Würfels. Er versuchte, es zu überhören. Auf der Straße bettelten Kinder Soldaten um Wasser an. Sie waren barfuß und schleiften verdreckte Papierfahnen, bedruckt mit Papstportraits und den Landesfarben, hinter sich her. In der Ferne knatterten Hubschrauber. Max meinte, sich die Gesichter der Wartenden einprägen zu müssen.

»Gerecht ist das nicht.«

Das Klicken setzte für einen Augenblick aus. Dann ging es weiter wie zuvor. Max wandte sich um und trat die Zigarette aus. »...Is dir wohl scheißegal?«

»Wollen wir unseren Auftrag erledigen oder uns den Kopf zerbrechen?«

Max' Züge strafften sich. Stumm taxierte er den dünnen, drahtigen Mann im blauen Anzug, dem er vor zwei Tagen am Frankfurter Flughafen zum ersten Mal begegnet war. »Woher wußtest du vom Spielsalon?«

Zonker sah kurz auf. »Hab's geraten. Bist der Typ dafür.«

Max schüttelte den Kopf. »Hat dir der Boß erzählt. Sollst 'n Auge drauf haben, daß ich, wenn der Papst kommt, nicht gerade am Daddelautomaten stehe. Als ob's hier so was gäbe. Hat er dir auch gesagt, du wärst für ihn der Chef im Duo, sollst es aber für dich behalten?«

Zonker legte den Würfel weg, lehnte sich zurück und faltete die Hände überm Bauch. »Na und?«

»Mir hat er auch was über meinen Partner erzählt. Der Unterschied is: Hier gibt's keine Daddelautomaten, aber...«

»Was?!«

Max deutete mit dem Daumen hinter sich. »Da draußen werden Kinder verprügelt, weil sie Durst haben. Is 'n Scheißanblick.« Mit spöttischem Lächeln verließ er das Zimmer, um kurz darauf mit einer Flasche Whisky und einem Wasserglas zurückzukommen. »Werd mir zur Stärkung 'n Schluck genehmigen.«

Zum ersten Mal seit zwei Tagen flackerte in Zonkers Augen Unsicherheit auf. »Laß das«, murmelte er.

»Leck mich am Arsch.« Max ließ sich im Liegestuhl nieder und schenkte sich ein. Alkoholgeruch breitete sich im Zimmer aus.

»Prost!« Max hob das Glas. »Auf gute Zusammenarbeit!«

Er leerte das Glas in einem Zug und ließ es seufzend auf die Holzlehne knallen.

»Auch 'n Schluck?«

Halt den Arm still!...Und hör auf zu heulen! Hab ich dir nicht gesagt, du sollst dich von den Soldaten fernhalten?... Zum Glück nichts gebrochen. Weißt du, was der Arzt kostet? Sei froh, daß dein Vater nicht hier ist. Du hättest uns alle ins Gefängnis bringen können. So. Versuch mal zu winken.

Mit beiden Armen.

Das hättest du dir vorher überlegen müssen.

So ist gut. Komm her. Es wird gleich besser.

Nein, ich sage deinem Vater nichts. Ich versprech's dir. ...Ist ja schon gut. Es tut mir leid, ich hatte Angst. Leg deinen Kopf in meinen Schoß. So. Wenn du aufhörst zu weinen, erzähle ich dir eine Geschichte... Als dein Vater so alt war wie du, mußte er jeden Morgen zur Arbeit in die Stadt. Damals waren die Franzosen noch hier und waren die Könige. Niemand mochte sie. Auf dem Weg zur Stadt kam dein Vater immer an ihren Lastwagen vorbei, und eines

Morgens nahm er einen Beutel Schafsmist mit und beschmierte damit Türgriffe und Schlösser.

Nicht so laut, Malika!

...Als die Franzosen dann in ihre Lastwagen steigen wollten... Du kannst dir vorstellen, wie wütend sie waren. Am Abend haben sie alle, die zurück ins Dorf gingen, kontrolliert, und dein Vater hatte den stinkenden Beutel dummerweise noch bei sich. Sie haben ihn fürchterlich verprügelt.

Pscht! Wenn du so laut lachst, muß ich aufhören. Die Soldaten gucken schon.

Naja. Am nächsten Tag hat er es wieder gemacht, aber diesmal hat er den Beutel danach weggeworfen. Trotzdem haben die Franzosen ihn am Abend aufgegriffen und noch mal verprügelt. Am dritten Tag ist er schließlich ganz normal zur Arbeit gegangen. Aber es half nichts. Als er abends zurückkam, haben sie ihn zum dritten Mal verprügelt. Zur Vorsorge, wie sie sagten. Danach war er klüger und nahm einen anderen Weg in die Stadt. Du siehst, erstens macht man mit Soldaten keinen Unsinn, und zweitens, selbst wenn man keinen macht, können sie einen trotzdem verprügeln. Am besten, sie sehen dich gar nicht.

Warum die Franzosen heute nicht mehr hier sind? Weil sie irgendwann gegangen sind. Das hat mit Politik zu tun.

Politik ist etwas für Reiche. Und jetzt hör mit der Fragerei auf, und schlaf ein bißchen.

Denk an heute abend. Dann kannst du trinken, soviel du willst.

Zonker kniete vor der Toilettenschüssel. Seine Hände umklammerten den Schüsselrand, und vom Kinn tropfte eine Suppe aus Galle, Schweiß und Tränen. Mit äußerster Konzentration starrte er in den Abfluß. Langsam ließen die Krämpfe nach, und sein Körper fing an zu zittern. Nach der Entziehungskur war er gewarnt worden, schon ein einziger Schluck könne ihn umwerfen.

»Was so 'n Alki doch für 'n gemeiner Anblick is.« Max lehnte mit einer Plastikflasche Wasser in der Hand gegen den Türrahmen und rauchte. Zonker rührte sich nicht. Nach einem weiteren Zug an der Zigarette fügte Max hinzu: »Tut mir leid.«

Vorsichtig ließ Zonker die Toilettenschüssel los, fiel schwer atmend zurück und wischte sich mit dem Handrücken übers Kinn. Er schloß die Augen. Seine Gedärme brannten. Von weit her kamen Polizeisirenen.

Max hielt ihm die Wasserflasche hin. »Hier. Ich geh mal nachschauen.«

Als Max das Badezimmer verlassen hatte, setzte Zonker die Flasche mit beiden Händen an. Vor ihm tauchte das Bild einer Quelle auf; klares, im Sonnenlicht glitzerndes Wasser zwischen Kieseln und grünen Blättern. Er stellte sich vor, im Bach zu liegen, und alles Wasser müßte durch ihn durchfließen. Doch bevor er den ersten Schluck nehmen konnte, knallte die Tür, und etwas riß ihn in die Höhe.

»Los, komm! Es ist soweit!«

Zonker preßte die Flasche an sich. Von Max gestützt und geschoben, stolperte er ins Zimmer.

»Änderung im Ablauf. Ich nehm die UZI, du den Granatwerfer.«

Zonker murmelte: »Aber ich bin doch der Fachmann« und hob die Wasserflasche.

»Im Moment bist du Fachmann für gar nix.« Max nahm Zonker die Flasche aus der Hand und drückte ihm den Granatwerfer in die Arme. »Trinken kannst du später.«

Auf der Straße schwoll Tumult an. Max schob das Magazin in die UZI und sah durch die Fensterläden, wie Soldaten ihre Gewehrläufe Sitzenden in die Seiten stießen, damit sie anfingen zu jubeln. »Beim Granatwerfer mußt du nur einmal abdrücken.«

Zonker schleppte sich zum Tisch, auf dem die Wasserflasche stand. Hinter ihm öffnete Max die Balkontür. »Komm!«

Den Granatwerfer im einen Arm, die Flasche im anderen, ging Zonker hinter Max auf die Knie, und im Schutz der Balustrade krochen beide auf den Balkon hinter einen Sonnenschirm. Für einen Augenblick nahm ihnen die Hitze den Atem.

Besser, die Europäer würden bleiben, wo sie sind. Ohne Jeans kann man leben, aber nicht ohne Stolz. Ohne Wasser allerdings auch nicht. Ich würde jeden Fuß küssen für einen Schluck. Verdammte Schweine von der Kommandantur! Wundert mich, daß da unten noch keiner verreckt ist. Sieben Stunden ohne Wasser. Die werden fluchen, wenn sie heute abend in ihren Blechhütten sitzen. Auf den König, auf uns. Hab ich vielleicht keinen Durst? Und was interessiert mich der Papst? Wen interessiert er überhaupt? Ausgerechnet der Papst. Für den gibt's uns doch gar nicht. Nach ihm haben wir nicht mal 'ne Seele. Und für uns gibt's *ihn* nicht.

Der Häuptling der Ungläubigen. Von hier oben könnte ich ihm genau zwischen die Augen ballern. Das wär's. Niemand käme mehr zum Fotografieren. Das Land der Papstattentäter. Keine Palmen mehr, keine Kamele, keine Kinder mit großen Augen – nur noch Angst, und wir hätten unsere Ruhe. Mit einem Schuß allen eins vor die Fresse geknallt. Und vorbei mit der Hitze. Dieser verdammten Hitze ... Das Zeichen, sie kommen. Ach ... im Glaskasten. Panzerglas. Tja, dreimal auf denselben Punkt. Oder viermal. Nicht zu verfehlen. Könnte jeder gewesen sein. Gleich hab ich ihn im Kreuz. Fettes Schwein. Was soll's. Leck mich am Arsch. Fahrt endlich vorbei. Da ist einer auf'm Balkon ... Spinn ich ...?! Sitzt auf'm Balkon und trinkt Wasser ... Jemand zieht ihn runter ... Sicher seine Frau, treiben's oder was?! ›Der Aufenthalt auf Balkons und Dächern sowie das Öffnen von Fenstern ist während einer Visite des Königs strengstens verboten.‹ Wasser saufen und ficken, na wartet! Kommt schon. Strengstens verboten heißt 'ne Kugel. Das ist Befehl. Den Befehl nicht zu befolgen heißt 'ne Kugel für mich. Also, hoch die Köpfe ...!

Max sagte: »Noch zehn Sekunden. Neun, acht, sieben ...«

Zonker stellte die Flasche ab und hob den Granatwerfer auf die Schulter.

»... vier, drei ...« Max entsicherte die Maschinenpistole.

»... zwei, eins ...« Er holte tief Luft. »... Jetzt!«

Zonker kam als erster aus der Hocke und lehnte sich über die Balkonbrüstung. Der Papst fuhr direkt unter ihm. Plötzlich waren die Folgen des Whiskys wie weggeblasen. Sein Gehirn arbeitete wieder mit kalter Präzision, seine Bewegungen wurden geschmeidig, und mit einem Blick überschaute er, wo das Panzerglas getroffen werden mußte. Für den Bruchteil von Sekunden erschien ihm jedes Detail des Attentats samt anschließender Flucht wie ein einziger, flüssiger Handgriff. Doch bevor er abdrücken konnte, schlug es zweimal hart gegen seine Brust. Er taumelte zurück und sah Max mit blutüberströmtem Kopf zu Boden gehen. Das letzte, was Zonker empfand, war Ärger; Ärger über den rumliegenden Partner, über dessen hilflos offenstehenden Mund und darüber, daß der Auftrag nicht erfüllt worden war. Dann fiel er vornüber. Der Granatwerfer stieß gegen die Wasserflasche, und die Flasche rollte auf den freien Spalt unter der Brüstung zu.

Schnell, Malika! Weg von der Straße ...! Hier rein! Mach schon, unter die Treppe!

... Hier sind wir erst mal sicher. Ist alles in Ordnung?

Fast hätten sie uns totgetrampelt. Hast du die Schüsse gehört? Vier oder fünf sind direkt über uns eingeschlagen.

Ich weiß nicht. Terroristen oder ein Verrückter.

Terroristen sind Leute, die ... Das erklär ich dir später. Wenn sie kommen, hältst du den Mund. Sie werden das Viertel absperren und alle kontrollieren. Das kann Stunden dauern. Warum sind wir nur in diesen verfluchten Bus gestiegen!

Malika! Woher hast du die?!

Vom Himmel? Lüg mich nicht an! Wasserflaschen fallen nicht vom Himmel!

Natürlich ist Gott allmächtig, aber ... Vielleicht wegen dem Amerikaner. Im Fernsehen habe ich gesehen, wie in

Amerika kleine Geschenke aus Flugzeugen geworfen wurden, weil wichtige Männer durch die Stadt fuhren. Egal.
Gib mir auch einen Schluck.

In Frieden

F ast alle im Dorf mochten den alten Mann aus der Stadt, keiner kannte ihn näher. Als er vor Jahren zum ersten Mal mit seinem großen dunkelblauen Citroën, der für die Bauern eher wie ein Fisch als wie ein Auto aussah, die Hauptstraße heraufgefahren kam, um sich den ehemals prächtigen, inzwischen verfallenen Gutshof am Waldrand anzuschauen, glaubte man, es handle sich um einen der üblichen Heinis, die in einer Immobilienzeitung die Verkaufsanzeige gelesen und das schmeichelhafte Foto gesehen hatten, und sich daraufhin für ihre Sommerferien ein Leben als Landadel ausmalten. Wenn sie den Hof dann aber besichtigten, eine Stunde durch Schutt stolperten und in morsche Dielen einkrachten, wenn ihnen bröckelnder Putz und Spinnweben das Sakko verschmutzten und der Wind, der durch leere Fensterrahmen und Löcher in Mauern und Dach pfiff, sie frösteln ließ, sehnten sie sich nur noch nach ihrer Stadtwohnung samt weißen Wänden und Zentralheizung. Doch Herr Kanter, damals Mitte Sechzig mit weißem, vollem Haar und dem Auftreten eines sportlichen Fünfzigjährigen, war anders. Matti, der den Schlüssel für den Hof hatte und von der Erbengemeinschaft hundert Mark im Monat bekam, damit er mögliche Käufer herumführte, erzählte später im Wirtshaus, Kanter habe sich unbeeindruckt vom Zustand des Anwesens die ganze Zeit Notizen gemacht und am Ende, als sie den Hof verließen, fast auf die Mark genau sagen können, wieviel eine Renovierung kosten werde. Eine Woche später kam er wieder, spazierte durchs Dorf, trank im Wirtshaus ein paar Schnäpse und unterhielt sich mit den Einheimischen über die Wetterverhältnisse und die in der Gegend erzeugten landwirtschaftlichen Produkte. Am südwestlichen Rand der Rheinebene kam der Sommer früher und ging später als sonstwo in Deutschland, und neben Wein und fast jeder Art von Obst gab es Schweine, Rinder und eine Hühnerfarm. Im Monat drauf begannen die Renovierungsarbeiten, und als der erste Flügel des Hofs bewohnbar war, kamen drei Möbelwagen, und Kanter zog ein. Es hatte sich herumgesprochen, er habe bei der Börse zu tun und könne seinen Geschäften, die sich fast ausschließlich mit Telefon und Computer erledigen ließen, ebensogut hier wie in der Stadt nachgehen. Er war reich oder jedenfalls wohlhabender als alle anderen im Dorf und wahrscheinlich im ganzen Landkreis, dafür mußte man nur sehen, mit welchem Aufwand er sogar noch die Tür zum ehemaligen Kuhstall mit ihren Holzschnitzereien und Metallbeschlägen bis ins letzte Detail restaurieren ließ. Trotzdem kam im Dorf kaum Neid auf, denn er war so selbstverständlich reich, wie andere blond oder dunkel waren. Weder trug er sein Geld vor sich her, noch machte er ein Geheimnis draus. Wenn die Bauern im Wirtshaus über ihre finanziellen Sorgen klagten und sich über Europäische Gemeinschaft, Steuern und neue ertragsmindernde Medikamentenverbote für die Tiermast aufregten, tat er nie so, als sei er auch nur entfernt einer von ihnen. Dafür gab er ihnen, je länger er im Dorf wohnte, desto öfter Tips, wie sie ihr Geld, wenn sie denn welches übrig hatten, für eine Weile anlegen könnten, und nach ein paar Jahren begann er, verschiedene Projekte wie eine biologische Schweinezucht oder eine neue automatische Anlage für Flaschenabfüllung, die ihm erfolgversprechend erschienen, finanziell zu unterstützen.

»Sagen Sie mal, Kanter, Sie kaufen doch auch immer die Marmelade von meiner Frau, und jetzt hab ich mir überlegt, man könnte daraus doch ein Geschäft machen. Nichts Großes, soviel Aprikosen haben wir gar nicht, sondern was für Leute, die was Besonderes wollen und nicht auf'n Preis gucken. Natürlich nicht für hier. Meinen Sie, da in der Stadt gibt's Läden, die an so einer Art Feinschmeckermarmelade interessiert wären?«

»Sicher. Allerdings sollte Ihre Frau sich mit dem Zucker zurückhalten, die letzten Gläser waren mir zu süß. Und wenn Sie die Marmelade professionell verkaufen wollen, muß der Zuckergehalt dranstehen, und je niedriger, desto besser für eine exklusive Kundschaft.«

Am selben Nachmittag rief Kanter einen Feinkostladen an, den er von früher kannte, und im Jahr darauf lief das Marmeladengeschäft. Doch als der Bauer Kanter zum Dank zum Lammbraten einladen wollte, lehnte Kanter freundlich ab. Und so war es immer: Im Wirtshaus konnte man mit ihm reden und trinken, auf der Straße mit ihm ein Schwätzchen halten, und bei seinem täglichen Spaziergang durch die Felder schien er sich sogar zu freuen, wenn jemand ihn ein Stück begleitete, aber zu irgendwem nach Hause ging er nie. Und auch auf seinen Hof lud er nie jemanden ein. Selbst wenn er Handwerker brauchte, ließ er sie von auswärts kommen. Am Anfang hatte das für viel Empörung gesorgt, waren sich die ansässigen Handwerker doch sicher gewesen, für die nächsten Jahre mit Aufträgen versorgt zu sein. Doch als Kanter erst dem Klempner, dann dem Elektriker und dem Maurer immer wieder für ein paar Wochen gutbezahlte Schwarzarbeit in der Stadt besorgte, löste sich der Ärger in Dankbarkeit auf. Man wunderte sich zwar über Kanters umständliches Vorgehen, zählte es aber bald zu den Verrücktheiten, die man von dem Städter im Grunde ja erwartet hatte. Nur wenigen fiel auf, daß ein Fremder zwar immer, wie er sich auch verhielt, sonderbar blieb, doch normalerweise bemüht war, sich auf mehr oder weniger anbiedernde Weise mit den Einheimischen gemein zu machen – Kanter dagegen setzte offenbar alles daran, fremd zu bleiben. Die einzigen aus dem Dorf, die er auf den Hof kommen ließ, waren zwei Bauern, die Kartoffeln, Äpfel und Wein lieferten, dabei allerdings nicht mehr zu sehen bekamen als die Allee vom Eingangstor zum Haus und den Vorratskeller. Was sie nicht daran hinderte, unabhängig voneinander vor anderen damit anzugeben, in was für prächtige, luxuriöse Räume Kanter sie jedesmal führe, mit goldenen Einbauküchen und Fernsehern so groß wie Autos.

Und dann gab es noch Schuster. Für die einen war er das sogenannte schwarze Schaf des Dorfs und eine Schande, für die anderen ein bemitleidenswerter Pechvogel. Vor vier Jahren noch ein kräftiger junger Mann mit eigenem, vom Vater geerbtem Weinberg und vermeintlich gesicherter Zukunft, hatte er nach dem Tod seiner Frau angefangen zu trinken und alle anderen Drogen zu nehmen, an die er herankam und die er sich leisten konnte. Mit zunehmender Sucht und Verwahrlosung hatte er erst den Weinberg, dann sein Haus zu Schleuderpreisen verkauft und schlief seitdem in einer Hütte im Wald. Er bezog Sozialhilfe, die er versoff und verrauchte, wusch sich, wenn er sich mal wusch, im Bach, trug Kleider, die ihm Freunde von früher und Verwandte hin und wieder brachten, und ernährte sich bei seiner Tante. Dafür, daß er ihr vorwurfsvolles Schweigen ertrug, bekam er jeden Mittag ein warmes Essen. Manchmal lief er nachts, unverständliches Zeug jammernd oder grölend, durch die Straßen, um sich am nächsten Morgen auf der Polizeiwache wiederzufinden.

Es war also ein kleines Wunder, und keiner wußte genau, wie es angefangen hatte, aber irgendwann gehörte es zum gewohnten Bild, daß Schuster bei Kanter ein und aus ging. Die erste, die es mitbekam, war die Frau eines Versicherungsvertreters, die gerade vom Spaziergang kam, als sie Schuster auf seinem alten rostigen Rad den Weg zum Gutshof hinuntereiern sah. Sie blieb stehen und beobachtete, wie er das Rad neben dem Tor in die Wiese warf, und wollte schon hinterherlaufen, in der Annahme, Schuster habe irgendeine Dummheit vor – denn wenn auch am alleräußersten Rand, er gehörte doch zur Dorfgemeinschaft, und die Frau fühlte sich verantwortlich –, als er auf die Klingel drückte, etwas in die Gegensprechanlage sagte und ihm aufgemacht wurde. Die Frau wartete etwa zwanzig Minuten darauf, daß Schuster wieder rauskam, bis sie so schnell wie möglich nach Hause lief. Von dort rief sie den Polizisten an, erzählte ihm, was geschehen war, und zusammen suchten sie, immer Schlimmeres fürchtend, nach einer Erklärung.

Ob sich Schuster in einem seiner wenigen hellen Momente unter falschem Namen auf den Hof gemogelt hatte, um die goldenen Einbauküchentüren zu klauen? Und wenn, was hatte er mit Kanter gemacht? Ihn gefesselt? Oder sogar erschlagen? Schließlich war Kanter, trotz seines rüstigen Aussehens, ein alter Mann und einem halbwegs nüchternen Schuster an Kräften unterlegen. Und mußte der prächtig renovierte Gutshof, an dem Schuster jeden Tag auf dem Weg zu seiner Hütte vorbeikam, ihm nicht jedesmal wieder die ganze Misere seines Daseins vor Augen führen? War es da nicht sogar möglich, daß er Kanter nur aus Neid etwas antun wollte? Und anschließend vielleicht den Hof in Brand steckte? Automatisch traten beide mit ihren Telefonen zu Fenstern, die Richtung Wald gingen, und schauten, ob sich schon Rauch am Himmel zeigte. Schließlich hatte der Polizist die Idee, bevor man alles andere zur Rettung Kanters in Bewegung setzte, erst mal bei ihm anzurufen, nicht zuletzt deshalb, weil er sich trotz möglichem Verbrechen scheute, Kanters Grundstück zu betreten. Er legte auf und wählte Kanters Nummer. Als Kanter sich meldete, seufzte der Polizist laut auf.

»Ist Ihnen nicht gut?« fragte Kanter.

»Doch, doch, wir haben uns nur Sorgen gemacht.«

»Bitte?«

Umständlich und unter Aussparung einiger im nachhinein hysterisch wirkender Details erzählte der Polizist, was die Frau beobachtet hatte, und daß man sich gefragt habe, ob bei Schusters Eindringen in Kanters Gut alles mit rechten Dingen zugegangen sei.

»Er ist bei mir angestellt«, erklärte Kanter.

»So? Aha. Naja... Sie wissen, daß Schuster nicht immer... ich sag mal: ganz zurechnungsfähig ist?«

»Er bekommt bei mir gerade so viel, daß er seinen Pegel hält und arbeiten kann.«

»Hmhm. Tja, wenn das so ist... Sehen Sie, eigentlich ist er kein schlechter Kerl, aber seit seine Frau damals gestorben ist... Sie waren erst ein paar Monate verheiratet, als sie unter den Laster kam.«

»Gründe zum Saufen gibt's immer.«

»Wie bitte?«

»Wenn sie nicht überfahren worden wäre, hätte vielleicht *sie* den Grund geliefert.«

Der kühle Ton ließ den Polizisten stutzen. Es klang geradezu, als würde Kanter Schuster nicht mögen. Aber warum stellte er ihn dann an? Als sie aufgelegt hatten, merkte der Polizist, daß ihm Kanter zum ersten Mal unsympathisch war.

In den folgenden Wochen begannen viele, was Kanters Haltung gegenüber Schuster betraf, das Empfinden des Polizisten zu teilen. Immer öfter sah man sie zusammen – wenn Schuster Kanter beim Einkauf half oder mit ihm im Auto irgendwohin fuhr –, doch wie Kanter Schuster dabei in aller Öffentlichkeit behandelte, ließ die meisten zu der Meinung gelangen, es wäre für Schuster besser, er würde seine Zeit wieder mit einer Flasche Wein in der Sonne sitzend verbringen.

»Alkoholiker bleibt eben Alkoholiker!« fluchte Kanter an der Tankstelle, als Schuster beim Ölnachfüllen etwas verschüttete, weil ihm die Hände zitterten. Oder er schnauzte beim Bäcker, wo der Raum klein und die Luft vom Backofen erhitzt war: »Mein Gott, wasch dich doch mal richtig!« Und wenn er ohne Schuster im Wirtshaus saß, machte er sich vor anderen über ihn lustig: »Sie sollten sehen, wie lange er mit einer vollen Schubkarre braucht, einmal durch den Garten zu kommen! Schlangenlinien sind nichts dagegen! Ein Wunder, daß noch Blumen stehen!«

Es dauerte keinen Monat, und Kanters Ansehen in der Öffentlichkeit war fürs erste ruiniert. Schließlich, so sagte man sich, sei nach einer Zeit der Verstellung eben genau das rausgekommen, was von einem arroganten Städter zu erwarten war.

Doch wiederum kaum einen Monat später hatte sich das Bild erneut gewandelt. Schuster wohnte jetzt bei Kanter auf dem Hof, trug saubere Kleider, fuhr ein Moped und trank nicht mehr, womit auch das öffentliche Jammern und Grölen aufgehört hatte. Eigentlich gab er überhaupt keinen Laut mehr von sich, nur die nötigsten Sätze beim Einkauf und eine knappe Erwiderung, wenn ihn jemand grüßte. Nur eins hatte Bestand und war vielleicht noch intensiver geworden: sein trauriger Blick. Einer der Bauern, der Kanter Kartoffeln lieferte, erzählte, daß er durchs offene Fenster mitgehört habe, wie Kanter Schuster offenbar zum wiederholten Male anfuhr, er solle gefälligst seinem Schmerz nicht aus dem Weg gehen. Je länger Schuster keinen Alkohol mehr trank, um so depressiver schien er zu werden, und wenn sich das auch niemand eingestand, so war er im Dorfalltag als Ärgernis doch viel weniger unangenehm gewesen denn als wandelndes Leid. Jeden Abend besuchte er das Grab seiner Frau, und manchmal sah man ihn an der Kreuzung stehen, wo der Unfall passiert war – Orte, um die er vorher einen Bogen gemacht hatte. Aus Angst vor seinem Blick und aus dem Gefühl heraus, nichts lindern zu können, wich man ihm auf der Straße immer öfter aus.

Zur selben Zeit fing an, was bald ironisch »Kanters Besuch« genannt wurde. Zuerst kam eine ältere Dame im Taxi. Sie trug ein glitzerndes Kostüm, eine Perlenkette, eine Sonnenbrille, und jeder, der ihr im Dorf begegnete, überlegte, wann er sie schon mal im Fernsehen gesehen hatte. Mit großer Geste bestellte sie im Wirtshaus Espresso, und als es den nicht gab, wollte sie Mineralwasser ohne Kohlensäure, doch auch damit konnte der Wirt nicht dienen, und schließlich begnügte sie sich mit einer Rolle Pfefferminzbonbons.

»So. Und jetzt sagen Sie mir bitte, wo Kanter wohnt!«

Der Wirt wunderte sich über ihren wütenden Ton, und weil Kanter inzwischen doch irgendwie zum Dorf gehörte, zögerte er zu antworten. Sorgfältig wischte er die Zapfanlage ab, ehe er fragte: »Warum?«

»Warum?!« bellte es zurück, und der Wirt hatte das Gefühl, die Dame, oder wie immer man diesen Vulkan nennen wollte, hätte ihm am liebsten ihren Pfefferminzbonbon ins Gesicht gespuckt.

»Ja, warum«, wiederholte er ruhig. »Herr Kanter wird nicht gerne gestört.«

»Ach was! Ist ja rührend! Sind Sie hier so eine Art Hofstaat von ihm?!«

»Weiß nicht, was Sie damit meinen, aber ganz sicher bin ich kein öffentliches Adreßbuch.«

Die Dame brauchte einen Moment, um das zu schlucken, dann erklärte sie kühl: »Kanter ist vor zwei Jahren einfach verschwunden, ohne irgendwem auch nur auf Wiedersehen zu sagen. Weder unseren Kindern noch mir, noch seinen besten Freunden. Eine Weile haben wir nichts unternommen, weil er schon öfter mal abgetaucht ist, aber spätestens nach ein paar Monaten kam er immer wieder zurück. Und jetzt erfahre ich, daß er sich hier eine ganz neue Existenz aufgebaut hat.« Sie machte eine Pause und sah den Wirt scharf an. »Wollen Sie mir jetzt also bitte verraten, wo er wohnt?«

Der Wirt kratzte sich am Kinn und betrachtete die Dame nachdenklich. Natürlich hatte man sich oft gefragt, warum Kanter weder Familie noch Freunde zu haben schien.

Schließlich sagte er: »...Wenn Sie die Straße weiter runterfahren, sehen Sie's schon: der Hof am Waldrand, alles frisch gestrichen, mit neuem Dach.«

Das Taxi hatte vor der Tür gewartet, und der Wirt verfolgte durchs Fenster, wie die Dame einstieg und dem Fahrer die Richtung wies. Mehrere Leute erzählten später, daß sie sie den ganzen Nachmittag an Kanters Tor stehen und klingeln und klopfen gesehen hätten. Spätabends kam sie zurück ins Wirtshaus, nahm sich ein Zimmer und blieb eine Woche. Jeden Tag ging sie zu Kanters Hof, doch das Tor blieb zu. Da auch niemand ans Telefon ging, wäre man wohl bald gewaltsam eingedrungen, hätte nicht Schuster, der das Grundstück auf geheimen Wegen verließ und betrat, auf Fragen zu verstehen gegeben, daß Kanter lebe und sich bei bester Gesundheit befinde.

Kurz nachdem die Dame abgereist war, begann ein wahres Bombardement von Einschreiben und Telegrammen. Fast jeden Tag nahm der Postbeamte am Telefon drohende, wütende und manchmal auch bittende Texte entgegen, die er Kanter zustellte und unter dem Siegel der Verschwiegenheit jedem, der sie hören wollte, weitererzählte. Offenbar war Kanter Teil einer großen Familie, deren Mitglieder sich nun fast so was wie einen Wettbewerb lieferten, wer es als erster schaffte, ihn aus seiner Höhle zu treiben oder zu locken. Die Telegramme berichteten von unheilbaren Krankheiten, finanziellen Desastern und Unfällen, oder verkündeten Heiratsabsichten und Geburten. Das ging so weit, daß sich der Postbeamte und seine Frau fragten, ob die Töchter und Söhne Kanters mit dem Auto nur deshalb gegen die Wand fuhren oder Nachwuchs zeugten, um den Vater zur Rückkehr zu zwingen. Doch Kanter schien das alles nicht zu beeindrucken. Einmal, als er zufällig am Tor war und ein Telegramm persönlich entgegennahm, zerknüllte er es ungelesen vor den Augen des Postbeamten, während sie sich über Wasserschäden unterhielten, die am Tag zuvor ein Gewitter angerichtet hatte.

Es folgten weitere Besuche mit ähnlichem Verlauf: zwei Männer in Kanters Alter, die sich ebenfalls im Wirtshaus einmieteten, das sinnlose Klingeln und Klopfen an Kanters Tor jedoch bald sein ließen und sich lieber der einheimischen Wein- und Schnapsproduktion widmeten. Mehrere Tage saßen sie auf der von Herbstsonne beschienenen Wirtshausterrasse, erzählten sich Geschichten von früher, lachten viel und hoben immer mal wieder die Gläser, um zu Kanters Hof hinüberzuprosten. Danach kam eine hübsche junge Frau, die sich, nach vergeblichen Versuchen, die mit Eisenspitzen bewehrte Mauer zu überklettern, ein Wochenende lang mit einem Liegestuhl vor Kanters Tor setzte. Die Hoffnung, ihn beim Verlassen seines Anwesens zu überraschen, verband sie mit der Gelegenheit, sich zu bräunen.

Dabei zog sie ihre Bluse aus, und nicht wenige Bauern sagten ihren Frauen an diesem Sonntag, sie müßten ausnahmsweise noch mal aufs Feld, einen Zaun reparieren oder eine kranke Kuh versorgen. Schließlich kam ein rotes Cabriolet mit zwei Pärchen, die, nachdem sie eine Weile um Kanters Gut herumgelaufen waren, durchs Dorf spazierten und Fotos machten, von Plätzen, Mauern, Bewohnern, Blumen, ja sogar Schubkarren. Im Wirtshaus fragten sie, auf welchem Stuhl Kanter normalerweise sitze, um ihn ebenso zu fotografieren wie den Wirt, das Schnapsregal und die Sicht aus dem Fenster auf den Marktplatz. Sie redeten kaum, und wenn, dann nur im Flüsterton. Einer der Männer weinte. Dem Wirt taten sie leid, und zum Abschied schenkte er ihnen eine Flasche Wein, worauf dem Mann erneut Tränen kamen, so daß der Wirt am Ende froh war, als die traurige Gemeinschaft endlich abfuhr.

Zwar tauchten auch danach immer mal wieder Leute auf, die die Enttäuschung über die Vergeblichkeit ihrer Reise meistens im Wirtshaus ertränkten, aber die Abstände zwischen den Besuchen wurden größer, und irgendwann hörten sie ganz auf. Eine Weile kamen noch Briefe, dann nur noch Postkarten zu den Feiertagen.

Während dieser Zeit der Besuche fuhr Schuster fort, jeden Abend zum Grab seiner Frau zu gehen. Ansonsten arbeitete er vierzehn Stunden am Tag, war inzwischen völlig verstummt, und nur ein paar Witzbolde, die sich über seine sture Miene amüsierten, grüßten ihn noch auf der Straße.

Doch dann wurde es Frühling, und es kam der Tag, an dem Schuster zum ersten Mal seit Jahren wieder das Wirtshaus betrat. Wie selbstverständlich und als bemerke er die überraschten Gesichter um sich herum nicht, stellte er sich an den Tresen, winkte dem Wirt, sagte: »Einen Schsch…« und schaute triumphierend in die Runde, ehe er fortfuhr: »…Schokoriegel und ein Mineralwasser, bitte!«

Seine Anwesenheit im Wirtshaus sprach sich im Dorf schnell herum, und gegen Abend kamen immer mehr Leute, um sich mit eigenen Augen davon zu überzeugen und sich zu freuen, daß Schuster sozusagen zurück war. Zwar hatte sich so was schon angedeutet, war er doch im letzten Monat dabei gesehen worden, wie er vor sich hin pfiff oder mit Kindern scherzte, aber mit einem so plötzlichen und totalen Wandel hatte niemand gerechnet. Als hätte jemand einen lange vergessenen Schalter bei ihm gedrückt, waren seine Augen aufgeklart, und wer nicht so genau hinsah und -hörte, bekam den Eindruck, er rede und lache so laut und ausgelassen wie vor dem Unfall.

»Weißt du noch, Rütters«, wandte er sich an einen der Bauern, »wie du im Sommer an meiner Hütte vorbeigekommen bist und geschimpft hast, es würde überall nach Drogen stinken und ich würde noch das ganze Dorf in Verruf bringen, dabei hatte ich nur meine Socken zum Lüften rausgehängt.«

Rütters sah von seinem Bier auf, und nachdem die anderen aufgehört hatten zu lachen, sagte er: »Schwindlig wurde mir jedenfalls wie von so 'nem Joint.«

»Als alter Kiffer mußt du's ja wissen.«

Rütters knurrte: »Ich war auch mal jünger.«

»Aber in einer Zeit, in der man ungewaschene Socken rauchte.«

Während Schuster beim Mineralwasser blieb und alle anderen diese Neuigkeit feierten, indem sie sich betranken, machte sich Kanters Fehlen immer stärker bemerkbar. Kein Gespräch oder Scherz über Schusters vergangene Jahre, ohne daß nicht jeder im Saal auch an Kanter gedacht hätte. Sosehr sein Verhalten gegenüber Schuster oft für Unverständnis gesorgt hatte und obwohl sich jetzt noch viele fragten, wozu die viele Meckerei gut gewesen sein sollte, so war doch klar, daß man Schusters Wandlung ihm zu verdanken hatte. Doch keiner wagte, Schuster nach ihm zu fragen. Die Beziehung der beiden umgab eine Art Geheimnis, ohne daß jemand hätte sagen können, was er dahinter vermutete. Erst nach Mitternacht und nach vielen Schnäpsen raffte sich einer der Männer auf und fragte beiläufig: »Habe ich Kanter heute nicht in die Stadt fahren sehen?«

Schuster antwortete überrascht: »Nein, er ist zu Hause. Warum?«

»Nur so...« Der Mann zuckte die Schultern. »Hätte doch gut einen Sprudel mittrinken können.«

Schuster erwiderte darauf nichts, aber ihm war anzusehen, daß er Ähnliches auch schon gedacht hatte. Schnell wandte man sich anderen Themen zu.

Spätnachts löste sich die Runde auf, und noch lange sollte der Abend im Dorf für Gesprächsstoff sorgen, nicht zuletzt deshalb, weil Schuster der einzige war, der am nächsten Morgen ohne Brummschädel aufwachte.

Ein paar Wochen später mußte Kanter ins Krankenhaus. Schuster brachte ihn hin, besuchte ihn jeden Tag und versorgte ihn mit Obst und Zeitungen. Dünn und mit eingefallenen Wangen kam Kanter zurück. Sein Gang war unsicher, und wenn er ein Glas hob, zitterte seine Hand.

Inzwischen hatte Schuster eine eigene kleine Wohnung am Marktplatz, doch wegen Kanters Zustand übernachtete er noch oft auf dem Hof. Als es Kanter besserging, sah man sie zusammen durch die Felder spazieren und erlebte sie im Wirtshaus, wo sie meistens schweigend bei Tee und Sprudel saßen. Redeten sie miteinander oder beteiligten sie sich am Thekengespräch, wurde schnell deutlich, daß sich die Rollen verkehrt hatten. Schuster führte das Wort, machte Witze, bestellte Getränke und ermahnte Kanter, wenn er wieder mal was verschüttet hatte, sich zu konzentrieren und zu versuchen, den angegriffenen Nerven und Muskeln mit Willenskraft beizukommen und sich nicht gehenzulassen. Doch Kanter reagierte kaum. Mit abwesendem Blick saß er in den Stuhl gesunken und zupfte an seiner bespritzten Hose. Nur wenn Schuster sich von ihm abwandte, sich mit anderen unterhielt oder stritt, zum Beispiel einen Bauern fragte, ob dieser denn wenigstens einen von den Millionen Jugoslawen, die angeblich kommen und ihm die Felder wegnehmen wollten, schon mal gesehen habe, sah man Kanter manchmal wach aufblicken und lächeln.

Im Herbst mußte Kanter erneut ins Krankenhaus, und wieder versorgte Schuster ihn jeden Tag mit Lesestoff und Vitaminen. Noch dünner und zittriger als beim letzten Mal kam Kanter zurück, und Schuster wich jetzt kaum noch von seiner Seite. Ein Pflegefall und ein zum Dank verpflichteter Exalkoholiker, sagten die einen. Die anderen meinten, ein echtes gegenseitiges Verständnis zu spüren, das ohne viel Worte auskam. Eigentlich hörte man Kanter und Schuster nur über Wetter und Essen reden, und auch das nur knapp.

Aber ob man nun zu denen, die sich die Beziehung mit

Pflichten, oder zu jenen, die sie sich mit Freundschaft erklärten, gehörte, keiner wollte es glauben, als eines Tages bekannt wurde, daß Kanter Schuster sowohl als Gärtner wie als Privatperson rausgeworfen hatte. Schusters Vermieterin war morgens beim Bäcker gewesen, die Bäckerin hatte es dem Postbeamten weitererzählt, und gegen Mittag war das halbe Dorf informiert. Ja wenn Schuster sich getrennt hätte, weil ihm das Krankenpflegerdasein zu mühsam geworden war... Aber so?

Am Abend im Wirtshaus kochte die Gerüchteküche: Schuster habe Kanter beklaut – Kanter habe sein Testament zugunsten Schusters geändert, und Schuster habe versucht, ihn durch falsche Dosierung seiner Medikamente zu vergiften – Schuster sei zu vorlaut geworden, habe sich schon aufgeführt wie der zukünftige Gutsbesitzer – Kanter sei, trotz sämtlicher an sein Tor klopfender Frauen, vielleicht, naja, irgendwie andersrum, und Schuster habe sich ihm verweigert. Und so weiter. Wie alle anderen durfte Schuster jetzt nicht mehr auf den Hof, und auch außerhalb sah man die beiden nie mehr zusammen. Fragen wich Schuster aus, oder er spielte das Ereignis zur normalen Kündigung herunter. Nur manchmal konnte er nicht anders als verzweifelt den Kopf schütteln und zugeben, daß er keine Ahnung habe, was eigentlich passiert sei. Am Morgen wären sie noch spazierengegangen und hätten darüber gelacht, daß es allein deshalb schon ein Glück wäre, daß Schuster nicht mehr saufe, weil Kanter bald im Rollstuhl geschoben werden müsse und er nicht enden wolle wie die Schubkarre, die Schuster irgendwann mal besoffen und mit Schwung gegen einen Eisenpfeiler gerammt hatte.

»...Mittags hab ich uns was gekocht, und danach hat er sich wie immer hingelegt. Als das Telefon klingelte, hab ich schnell abgenommen, damit es ihn nicht weckt, er hat nämlich einen zweiten Apparat neben dem Bett, aber er war schon dran. Es war sein Arzt. Naja, ich hab aufgelegt und weiter die Küche aufgeräumt. Als er dann später runterkam, hat er schon so komisch geguckt, als müsse er irgendwas essen, was ihm nicht schmeckt. Lange hat er keinen Ton von sich gegeben, aber das war nichts Besonderes. In letzter Zeit hat er sich oft einfach nur stumm hingesetzt, um mir bei der Arbeit zuzuschauen. Er mag es, wenn Leute arbeiten und wenn man sieht, daß sie was von ihrer Arbeit verstehen, hat er mal gesagt, egal, ob sie Zement mischen oder Konzerne leiten. Ich hab also die Lüftung überm Herd repariert, dann die Scharniere an den Fensterläden geölt, dann noch irgendwas, und die ganze Zeit saß er dabei. Bestimmt eine Stunde ging das so, bis er plötzlich sagte, ich solle gehen. Ich weiß noch genau, wie ich – froh darüber, daß er wieder redete – antwortete: Klar, was soll ich besorgen? Was zu essen, zu gipsen, zu pflanzen? Aber nichts davon. Ich solle verschwinden, und zwar für immer!«

Ein paar Wochen später ließ Kanter von einer Abrißfirma aus der Stadt seinen Hof in Schutt legen. Das Dorf stand kopf, und nicht wenige waren der Meinung, Kanter gehöre eingesperrt. Natürlich war es sein Hof, aber hatte der einzelne nicht eine Verantwortung gegenüber der Allgemeinheit? Durfte ein seniler Alter das Schmuckstück des Dorfes, selbst wenn erst er es wieder dazu gemacht hatte, einfach zerstören? Ehe Bürgermeister und Polizei wegen Denkmalschutz einschreiten konnten, gab es schon nichts mehr zu schützen. Nur ein Seitenflügel blieb stehen, der jetzt, mitten in den Trümmern, aussah wie ein Überbleibsel aus dem Zweiten Weltkrieg. Und um dem Ganzen die Krone aufzusetzen, ließ Kanter die Trümmer nicht mal wegräumen. Wer jetzt in den Wald ging, mußte an einem Schlachtfeld vorbei. Selbst der herrliche Garten mit Obstbäumen, Beerenhecken und hundert Jahre alten Rosenbüschen war nicht verschont geblieben, der Bulldozer hatte alles zu Kleinholz gemacht.

Das Idiotischste und Sinnloseste daran war, so fand man im nachhinein, daß Kanter schon im Monat darauf wieder ins Krankenhaus kam und starb. Sinnlos, wenn man davon ausging, daß Kanter der zerstörte Zustand seines Hofs gefallen hatte.

Schuster, dem die Sache keine Ruhe ließ und der unbedingt verstehen wollte, was in Kanter vorgegangen war, fuhr ins Krankenhaus, um mit der Schwester zu sprechen, die Kanter während seiner letzten Tage gepflegt hatte. Trotz Schmerzen habe Kanter einen ruhigen Eindruck gemacht, erzählte sie.

»...Einmal hab ich ihn sogar drauf angesprochen: ›Sie wirken ja manchmal richtig glücklich.‹ Daraufhin hat er geantwortet: ›Glücklich nicht, aber in Frieden.‹ Er wisse seit langem von seiner Krankheit und seit ein paar Wochen, daß er bald sterben müsse. Aber sehen Sie, hat er gesagt, das Schlimme am Tod ist ja nur, daß man so viel Geliebtes zurücklassen muß, und ich habe dafür gesorgt, daß es nichts mehr gibt, wovon mich zu trennen mir schwerfallen würde. Nicht mal der Wein soll dieses Jahr gut werden, zuviel Regen, meinte er und hat sogar ein bißchen gelacht.«

»Und sonst hat er nichts gesagt?« fragte Schuster.

»Wenig, bis auf guten Morgen und so. Nur in der Nacht, kurz bevor er gestorben ist, hat er noch mal nach mir geklingelt, und es war ihm anzusehen, daß es nicht mehr lange dauern würde. Da hatte er dann doch Tränen in den Augen und hat nach meiner Hand gegriffen. Er konnte nur noch flüstern, und das letzte, was ich verstanden habe, war: ›Es klappt doch nicht‹, und ob ich ihm irgendwas bringen könnte, was nach Garten riecht. Aber als ich mit ein paar Blumen zurückkam, war er schon tot.«

Jakob Arjouni
im Diogenes Verlag

Happy birthday, Türke!

Ein Kayankaya-Roman

»Privatdetektiv Kemal Kayankaya ist der deutsch-türkische Doppelgänger von Phil Marlowe, dem großen Kollegen von der Westcoast. Nur weniger elegisch und immerhin so genial abgemalt, daß man kaum aufhören kann zu lesen, bis man endlich weiß, wer nun wen erstochen hat und warum und überhaupt.
Daß *Happy birthday, Türke!* trotzdem mehr ist als ein Remake, liegt nicht nur am eindeutig hessischen Großstadtmilieu, sondern auch an den bunteren Bildern, den ganz eigenen Gedankensaltos und der Besonderheit der Geschichte. Wer nur nachschreibt, kann nicht so spannend und prall erzählen.«
Hamburger Rundschau

»Jakob Arjouni ist eine Entdeckung. In seinen Texten ist nicht ein Tropfen Moralin, er erzählt einfach, was passiert, Geschichten, wie sie das Leben schreibt, und so gut wie nie mit dem üblichen Happy-End. Auch erzählt er seine Geschichten so gut, mit äußerst wendigen Dialogen und geschickt gehaltener Spannung, daß man seine Bücher nicht mehr aus der Hand legen kann.«
Manuel Vázquez Montalbán / El País, Madrid

Mehr Bier

Ein Kayankaya-Roman

Vier Mitglieder der ›Ökologischen Front‹ sind wegen Mordes an dem Vorstandsvorsitzenden der ›Rheinmainfarben-Werke‹ angeklagt. Zwar geben die vier zu, in der fraglichen Nacht einen Sprengstoffanschlag verübt zu haben, sie bestreiten aber jede Verbindung mit dem Mord. Nach Zeugenaussagen waren an dem Anschlag fünf Personen beteiligt, doch von dem fünften Mann fehlt jede Spur. Der Verteidiger der Angeklagten beauftragt den Privatdetektiv Kemal Kayankaya mit der Suche nach dem fünften Mann...

»Verglichen wurde Jakob Arjouni bereits mit Raymond Chandler und Dashiell Hammett, den verehrungswürdigsten Autoren dieses Genres. Zu Recht. Arjouni hat Geschichten von Mord und Totschlag zu erzählen, aber auch von deren Ursachen, der Korruption durch Macht und Geld, und er tut dies knapp, amüsant und mit bösem Witz. Seine auf das Nötigste abgemagerten Sätze fassen viel von dieser schmutzigen Wirklichkeit.«
Klaus Siblewski / Neue Zürcher Zeitung

Ein Mann, ein Mord
Ein Kayankaya-Roman

Ein neuer Fall für Kayankaya. Schauplatz Frankfurt, genauer: der Kiez mit seinen eigenen Gesetzen, die feinen Wohngegenden im Taunus, der Flughafen. Kayankaya sucht ein Mädchen aus Thailand. Sie ist in jenem gesetzlosen Raum verschwunden, in dem Flüchtlinge, die um Asyl nachsuchen, unbemerkt und ohne Spuren zu hinterlassen, leicht verschwinden können. Was Kayankaya dabei über den Weg und in die Quere läuft, von den heimlichen Herren Frankfurts über korrupte Bullen und fremdenfeindliche Beamte auf den Ausländerbehörden bis zu Parteigängern der Republikaner mit ihrer Hetze gegen alles Fremde und Andere, erzählt Arjouni klar, ohne Sentimentalität, witzig, souverän.

»Jakob Arjouni schreibt die besten Großstadtthriller seit Chandler. Ein großer, fantastischer Schriftsteller. Er ist einer, der sich mühelos über den schnöden Realismus normaler Krimiautoren hinwegsetzt, denn es zählen bei ihm nie allein Indizien, Konflikte und Fakten, sondern vielmehr sein skeptisch heiteres Menschenbild. Arjouni ist es in *Ein Mann, ein Mord* endgültig gelungen, mit seinem Privatdetektiv Kayankaya eine literarische Figur zu erschaffen, die man nie mehr vergißt.« *Maxim Biller / Tempo, Hamburg*

Edelmanns Tochter
Theaterstück

Ein Bahnhof im wiedervereinigten Deutschland. Hinz und seine Tochter Ruth sitzen im Hinterzimmer des Bahnhofrestaurants und warten. Nach vier Jahrzehnten kann der Vater sich nicht länger den drängenden Fragen und Ahnungen seiner Tochter entziehen. Im Kampf um eine neue Identität, die es ihm leichter machen soll, Schuld und Schicksal zu verdrängen, hat sich der Alte tief in ein Knäuel aus Lebenslüge, Leere, Hilflosigkeit und Selbstvorwürfen verstrickt.
Ein Stück über gegenseitige Achtung, über eine Vater-Tochter-Beziehung und die Frage nach den Grenzen von statthafter Einflußnahme. Jakob Arjouni ergreift nicht Partei, er beobachtet Menschen und keine literarischen Modelle. Ohne ausführliche Erörterungen, in prägnanten Sätzen, befaßt sich der junge Autor mit dem Phänomen Deutschland: Schuld und Vergangenheit, das Dritte Reich, die Wiedervereinigung und die Tatsache, daß noch gar nichts erledigt ist...

»Arjouni weiß als Dramatiker genauso wie als Krimiautor, wie er Spannung erzielt, ohne platt zu wirken.« *Christian Peiseler / Rheinische Post, Düsseldorf*

Magic Hoffmann
Roman

Unlarmoyant, treffsicher und leichtfüßig zeichnet Jakob Arjouni ein Bild der Republik: ein Entwicklungsroman in der Tonlage des Road Movie. Ein Buch voller Spannung und Ironie über einen, der versucht, sich nicht unterkriegen zu lassen, nicht von diesem Land und nicht von seinen besten Freunden.

»Und alle Leser lieben Hoffmann: Jakob Arjouni schreibt einen Roman über die vereinte Hauptstadt, einen Roman über die Treue zu sich selbst, über gebrochene Versprechen, gewandelte Werte, verlorene Freundschaften und die Übermacht der Zeit. Ein literarischer Genuß: spannend, tragikomisch und voller Tempo.«
Harald Jähner/Frankfurter Allgemeine Zeitung

Ein Freund
Geschichten

Ein Jugendfreund für sechshundert Mark, ein Killer ohne Perspektive, eine Geisel im Glück, eine Suppe für Hermann und ein Jude für Jutta, zwei Maschinengewehre und ein Granatwerfer gegen den Papst, ein letzter Plan für erste Ängste.
Geschichten von Hoffen und Bangen, Lieben und Versieben, von zweifelhaften Triumphen und zweifelsfreiem Scheitern, von grauen Ein- und verklärten Aussichten. So ironisch wie ernst, so traurig wie heiter, so lustig wie trocken erzählt Arjouni davon, wie im Leben vieles möglich scheint und wie wenig davon klappt.

»Sechs Stories von armseligen Gewinnern und würdevollen Verlierern, windigen Studienräten und aufgeblasenen Kulturfuzzis. Typen also, wie sie mitten unter uns leben. Seite um Seite zeigt der Chronist des nicht immer witzigen deutschen Alltags, was ein Erzähler heute haben muß, um das Publikum nachdenklich zu stimmen und gleichzeitig zu unterhalten: Formulierungswitz, Einfallsreichtum, scharfe Beobachtungsgabe. Und wie der Mann Dialoge schreiben kann!« *Hajo Steinert/Focus, München*

Kismet

Ein Kayankaya-Roman

Kismet beginnt mit einem Freundschaftsdienst und endet mit einem so blutigen Frankfurter Bandenkrieg, wie ihn keine deutsche Großstadt zuvor erlebt hat. Kayankaya ermittelt – nicht nach einem Mörder, sondern nach der Identität zweier Opfer. Und er gerät in den Bann einer geheimnisvollen Frau, die er in einem Videofilm gesehen hat.

Eine Geschichte von Kriegsgewinnlern und organisiertem Verbrechen, vom Unsinn des Nationalismus und vom Wahnsinn des Jugoslawienkriegs, von Heimat im besten wie im schlechtesten Sinne.

»Hier ist endlich ein Autor, der spürt, daß man sich nicht länger um das herumdrücken darf, was man gern die ›großen Themen‹ nennt. Hier genießt man den Ton, der die Geradlinigkeit, Schnoddrigkeit und den Rhythmus des Krimis in die hohe Literatur hinübergerettet hat.«
Florian Illies / Frankfurter Allgemeine Zeitung

Idioten. Fünf Märchen

Fünf moderne Märchen über Menschen, die sich mehr in ihren Bildern vom Leben als im Leben aufhalten, die den unberechenbaren Folgen eines Erkenntnisgewinns die gewohnte Beschränktheit vorziehen, die sich lieber blind den Kopf einrennen, als einen Blick auf sich selber zu wagen – Menschen also wie Sie und ich. Davon erzählt Arjouni lustig, schnörkellos, melancholisch, klug.

»Jakob Arjouni ist ein wirklich guter, phantasievoller Geschichtenerzähler. Ich versichere Ihnen, Sie werden staunend und vergnügt lesen.«
Elke Heidenreich / Westdeutscher Rundfunk, Köln

»Arjouni wird immer besser.« *Die Weltwoche, Zürich*

Shane Maloney
im Diogenes Verlag

Künstlerpech

Roman. Aus dem australischen Englisch
von Nikolaus Stingl

Künstlerpech beginnt so sinnlich wie der Bolero von Ravel in einer tropisch-schwülen Januarnacht – ein würdiger Einstand für Murray Whelan als politischer Berater des neuen Kulturministers in Melbourne. Doch auch in Australien kriegt Adam seine Eva nicht ohne Schlange – oder vielmehr eine ganze Schlangengrube. Denn hinter dem lauschigen Mangrovenwäldchen erwartet Murray ein Skandal: die Leiche eines toten Künstlers und ein Abschiedsbrief, der das Kulturministerium bezichtigt, Umschlagplatz einer gigantischen Kunstfälscherbande zu sein.

»Maloney, intimer Kenner der Kulturszene, entlarvt den schönen Schein der Künste als knallhartes Geschäft.« *Ulrich Janetzki/Focus, München*

Weck mich, bevor du gehst

Roman. Deutsch von
Werner Richter

Wenn die Türkin Ayisha aus großen Augen in die böse australische Welt blickt, werden Männer schwach – und unvorsichtig. Murray Whelan, politischer Berater der australischen Industrieministerin, vergißt darüber fast seinen Auftrag. Liebes- und schlaftrunken entdeckt Murray das Nachtgesicht seiner Stadt, in der Gewerkschaftsführer, hohe Politiker, Wirtschaftsbosse, Drogen- und Lebensmittelschieber ihre tödlichen Spielchen mit ihm treiben.

»Maloney schreibt amüsant, spannend und herrlich respektlos.« *Kurier, Wien*

Jason Starr
im Diogenes Verlag

Top Job
Roman. Aus dem Amerikanischen
von Bernhard Robben

Bill Moss ist knapp über dreißig, wohnt in New York und hat eigentlich das Zeug zu einem echten Aufsteiger, er hat sich nämlich sowohl im Studium als auch in seinem ersten Job erfolgreich geschlagen. Doch die Lage auf dem Arbeitsmarkt treibt ihre spätkapitalistischen Blüten, Bill sollte froh sein, nach zweijähriger Arbeitslosigkeit endlich einen schlechtbezahlten Job als Telefonverkäufer zu ergattern. Ist er aber nicht, sondern doppelt unter Druck: Sein Abteilungsleiter schikaniert ihn nach allen Regeln der Kunst, und seine Freundin will heiraten. Daß Bill nicht genug verdient, um eine Familie zu gründen, führt zu einer handfesten Beziehungskrise. Die Lage scheint sich zu bessern, als Bill völlig unerwartet zum Abteilungsleiter befördert wird – doch dann kommt alles nur noch schlimmer.

»Ein Psychothriller mit völlig neuem Sujet: Jason Starr zerrt vor allem dadurch an den Nerven, daß er mit der neuen kollektiven Angst vor wirtschaftlichem Abstieg und Arbeitslosigkeit spielt. Der Thriller fühlt den Puls einer Gesellschaft, in der man ohne erfolgreichen Job sich selbst nicht mehr spannend finden kann. Das Beklemmende an Top Job ist der gnadenlose Realismus.« *Bettina Koch / Spiegel Online, Hamburg*

Die letzte Wette
Roman. Deutsch von Bernhard Robben

Maureen und Leslie kennen sich seit der Schulzeit und sind trotz unterschiedlicher Karrieren der Ehemänner dick befreundet geblieben. Joey beneidet den gutaussehenden David um seinen Erfolg bei Frauen, sein

Geld und sein glückliches Familienleben mit Frau und Wunschkind. Doch eines Tages gesteht David dem Verlierer Joey, daß er völlig am Ende ist, weil er von einer wahnsinnigen Ex-Geliebten erpreßt wird.

»Ein spannender, kurzweiliger, dabei aber rabenschwarzer Roman über die Unfähigkeit, mit dem Leben zurechtzukommen, und die Fähigkeit, dennoch weiterzuexistieren.«
Martin Lhotzky / Frankfurter Allgemeine Zeitung

»Jason Starr ist ein phantasievoller Autor und schreibt so rabenschwarz wie im Hollywood der vierziger Jahre. Als ein gescheiter Krimi noch ein richtiger Lesegenuß war.«
Martina I. Kischke / Frankfurter Rundschau

Ein wirklich netter Typ
Roman. Deutsch von Hans M. Herzog

Der New Yorker Tommy Russo ist zweiunddreißig, und sein Traum, ein berühmter Schauspieler zu werden, verblaßt zusehends; seine Tage verbringt er mit Wetten bei Pferde- und Hunderennen, nachts arbeitet er als Rausschmeißer in einer Bar in Manhattan. Als sich ihm die Gelegenheit bietet, einer von fünf Besitzern eines jungen Rennpferds zu werden, will Tommy diese Chance unbedingt ergreifen. Auf einmal hat er einen neuen Traum: ein berühmter Rennpferdbesitzer zu werden, auf der Bahn von Hollywood Park die Siege seiner Galopper zu feiern! Da gibt es nur ein kleines Problem… Er braucht zehntausend Dollar, um Mitglied der Besitzergemeinschaft zu werden. Was mit Notlügen und kleinen Diebstählen beginnt, führt bald zum völligen Realitätsverlust.

»Starr ist teuflisch boshaft und läßt seine Figuren mit faszinierender Ausweglosigkeit in ihrer ganz privaten Hölle landen. Exzellent!«
Ingeborg Sperl / Der Standard, Wien

Hard Feelings

Roman. Deutsch von Bernhard Robben

Dem vierunddreißigjährigen New Yorker Computer-Netzwerk-Verkäufer Richard Segal spielt das Leben derzeit übel mit: Seit drei Monaten hat er keinen Abschluß mehr gemacht, die Karriere seiner Frau läuft dagegen um so besser, dazu verdächtigt er sie, daß sie sich mit einer alten Flamme trifft. Aus Verzweiflung greift er wieder zur Flasche, eine Angewohnheit, die er für immer überwunden glaubte. Auf seinem Nachhauseweg fällt ihm eines Abends auf der Fifth Avenue ein vertrautes Gesicht auf. Es ist Michael Rudnick, ein junger Mann, mit dem Richard in Brooklyn aufgewachsen ist und mit dem er oft Tischtennis gespielt hatte. Was wie eine harmlose Begegnung aussieht, läßt in Richard die schlimmsten Erinnerungsfetzen auftauchen. Richard ist mehr und mehr besessen von zwei Fragen: Was genau war vor zweiundzwanzig Jahren in Michaels Keller passiert? Und was soll er nun tun?

»Liebevoll und mit zunehmendem Spaß am schaurigen Detail beschreibt Jason Starr den Niedergang seines Helden. Zum Frösteln schön.« *Stern, Hamburg*

»Ein verdammt guter Krimiautor.«
Stefan Sprang / Hessischer Rundfunk, Frankfurt

John Irving
im Diogenes Verlag

»John Irving ist ein Phänomen. Er hat nicht nur Leser, er hat Fans. John Irving, so scheint's, hat überhaupt alles. Literarische Reputation und grenzenlose Popularität, seine Romane sind in über 30 Sprachen übersetzt.« *Brigitte Neumann / Norddeutscher Rundfunk, Hamburg*

»Seine Bücher sind herrliche Schmöker über das pralle Leben, in denen er zarte poetische Töne, derbe Satire und tiefere Bedeutung vereint.« *Frankfurter Rundschau*

Das Hotel New Hampshire
Roman. Aus dem Amerikanischen von Hans Hermann

Laßt die Bären los!
Roman. Deutsch von Michael Walter

Eine Mittelgewichts-Ehe
Roman. Deutsch von Nikolaus Stingl

Gottes Werk und Teufels Beitrag
Roman. Deutsch von Thomas Lindquist

Die wilde Geschichte vom Wassertrinker
Roman. Deutsch von Edith Nerke und Jürgen Bauer

Owen Meany
Roman. Deutsch von Edith Nerke und Jürgen Bauer

Rettungsversuch für Piggy Sneed
Sechs Erzählungen und ein Essay. Deutsch von Dirk van Gunsteren

Zirkuskind
Roman. Deutsch von Irene Rumler

Die imaginäre Freundin
Vom Ringen und Schreiben. Deutsch von Irene Rumler

Witwe für ein Jahr
Roman. Deutsch von Irene Rumler

My Movie Business
Mein Leben, meine Romane, meine Filme. Mit zahlreichen Fotos aus dem Film *Gottes Werk und Teufels Beitrag.* Deutsch von Irene Rumler

Die Pension Grillparzer
Eine Bärengeschichte. Deutsch von Irene Rumler

Die vierte Hand
Roman. Deutsch von Nikolaus Stingl

Deutschlandreise
Deutsch von Irene Rumler

Bernhard Schlink
im Diogenes Verlag

»Schwungvoll geschriebene, raffiniert gebaute Romane, in denen die politische Aktualität und die deutsche Vergangenheit präsent sind.«
Dorothee Nolte/Der Tagesspiegel, Berlin

»Bernhard Schlink gehört zu den Autoren, die sinnlich, intelligent und spannend erzählen können – eine Seltenheit in Deutschland.«
Dietmar Kanthak / General-Anzeiger, Bonn

»Bernhard Schlink gelingt das in der deutschen Literatur seltene Kunststück, so behutsam wie möglich, vor allem ohne moralische Bevormundung des Lesers, zu verfahren und dennoch durch die suggestive Präzision seiner Sprache ein Höchstmaß an Anschaulichkeit zu erreichen.« *Werner Fuld/Focus, München*

»Bernhard Schlink ist ein sehr intensiver Beobachter menschlicher Handlungen, seelischer Prozesse. Man liest. Und versteht.«
Wolfgang Kroener/Rhein-Zeitung, Koblenz

Der Vorleser
Roman

Liebesfluchten
Geschichten

Die gordische Schleife
Roman

Selbs Betrug
Roman

Selbs Mord
Roman

Bernhard Schlink & Walter Popp
Selbs Justiz
Roman

Philippe Djian
im Diogenes Verlag

»Keiner macht ihm diesen Ton nach, voller Humor, Selbstironie und Kraft.« *Frédéric Beigbeder*

»Djian schreibt glasklar und in einem Tempo, dem ältere Herren wie Grass und Walser schon längst durch Herzinfarkt erlegen wären.« *Plärrer, Nürnberg*

Andrea De Carlo
im Diogenes Verlag

»Der ironische Blick, der den Kern einer Situation erfaßt, ist De Carlos herausragende Qualität und war es seit je. Das bedeutet nicht, daß er ein literarischer Clown ist. Ohne tiefschürfende Introspektion rückt er psychologisch äußerst komplexe Zusammenhänge ins Licht, indem er sie an ihren sichtbaren Zeichen erkennt.« *Neue Zürcher Zeitung*

»Ein Italiener macht deutschen Romanciers Tempovorgaben.« *Szene Hamburg*

»Bemerkenswert ist nicht nur die Präzision, sondern auch die Wertfreiheit seiner Beschreibungen. Der Verzicht auf die Attitüden eines schöngeistigen Antiamerikanismus versetzt De Carlo in die Lage, ohne Zorn und Eifer bestimmte zeitgenössische Phänomene zu registrieren, die ihren Ursprung auf der anderen Seite des Atlantik gehabt haben mögen, aber nicht auf Amerika beschränkt geblieben sind.«
Frankfurter Allgemeine Zeitung

Vögel in Käfigen und Volieren
Roman. Aus dem Italienischen von Burkhart Kroeber

Creamtrain
Roman. Deutsch von Burkhart Kroeber

Macno
Roman. Deutsch von Renate Heimbucher

Yucatan
Roman. Deutsch von Jürgen Bauer

Techniken der Verführung
Roman. Deutsch von Renate Heimbucher

Arcodamore
Roman. Deutsch von Renate Heimbucher

Guru
Roman. Deutsch von Renate Heimbucher (vormals: *Uto*)

Wir drei
Roman. Deutsch von Renate Heimbucher

Wang Shuo
im Diogenes Verlag

»Wang Shuo ist einer der populärsten jungen Schriftsteller in China. Populär ist er wahrscheinlich deshalb,
weil er vergnügt von Nöten und Streichen kleiner
Leute erzählt, die in Zeiten des Umbruchs vom Kommunismus zum Kapitalismus versuchen, irgendwie zu
überleben. Und sei es am Rande der Gesellschaft. Ein
Blick ins neue China.«
Ulrich Wickert / ARD Tagesthemen, Hamburg

»Wang Shuo gehört zu einer neuen Generation von
Schriftstellern, die kaum noch Tabus kennen und über
die Menschen in China schreiben, wie sie sind – nicht,
wie sie sein sollten.«
Jan-Philipp Sendker / Stern, Hamburg

»Seine Helden sind Hochstapler und Betrüger, ver-
krachte Studenten und liebenswerte Gauner. Sie reden
nicht über Politik, und mit den hehren Werten des
Sozialismus sind sie schon lange nicht mehr zu beeindrucken. Sie kommen aus der Wirklichkeit und reden
eine wirkliche Sprache.«
Petra Kolonko / Frankfurter Allgemeine Zeitung

Herzklopfen heißt das Spiel
Roman
Aus dem Chinesischen von
Sabine Peschel in Zusammenarbeit
mit Wang Ding und Edgar Wang.
Mit einem Nachwort von Sabine Peschel.

Oberchaoten
Roman. Deutsch und
mit einem Nachwort von Ulrich Kautz